AF271905

Jari Markkanen är jour-
nalist sedan början av
1980-talet. Efter jobb på
dagstidningar, för tyska
magasin och som över-
sättare gick han i pen-
sion år 2019 och är nu
verksam som frilans på
jakt efter verkligheten så
som han uppfattar den.

Han har studerat på
journalisthögskolan och
tyska på universitetet i
Göteborg och på skolor i Hamburg och i Wien och fors-
kar i karatens historia på egen hand.

Han bor med sin familj i Lund. På fritiden håller han
sig i form med att träna karate, lyfta vikter på gym, spela
gitarr, fiska, vandra i den skånska naturen och utmana
grannar i boule.

Författaren gav ut Vikarien för första gången på Vul-
kan år 2010. Den nya versionen har genomgått smärre
förändringar. Han har också gett ut Grodornas fiende på
BoD hösten 2021.

VIKARIEN

Jari Markkanen

Förlag: BoD - Books on Demand, Stockholm, Sverige
Tryck: BoD - Books on Demand, Norderstedt, Tyskland

ISBN: 978-91-7969-359-6

Innehåll

*Författaren dedicerar boken till Elli Jareteg
för att hon alltid har stöttat honom
på hans vingliga färd genom livet.*

I stjärnans skugga

En kvinna skrattar i korridoren på tidningens centralredaktion. Det är Linda, för det är bara hon som kan skratta så där självklart högt som om hela världen tillhör henne. Hon sveper som vanligt hastigt förbi mitt skrivbord utan att se mig, för hon är den duktiga reportern och jag bara en av de många vikarier som kommer och går på tidningen, men i mina tankar vilar hon redan i min famn.

Linda skyndar sig ut för att som vanligt äta på sitt stamställe och jag fortsätter att kolla de sidor som jag har redigerat i hennes bilaga i dagens tidning. Jag är sällan nöjd med min layout och mina rubriker, för stress får mig att regelbundet begå misstag. Chefredaktören har ofta överseende med det mesta, men han blir ursinnig på allt som kan försämra tidningens anseende och ekonomi.

För några veckor sedan gjorde jag ett sådant misstag. Jag skrev en rubrik som löd: "56 procent brinner före helvetet!" Även om nattchefen godkände rubriken, hade jag ingen anledning att skriva något så stolligt, det var bara ett infall, ett av de många som vanligtvis stannar kvar i hjärnan för att försvinna in i evig glömska.

Ilskna läsare ringde till chefredaktören som i sin tur rusade upprörd till nattchefen som snabbt skyllde på mig. Då var jag naiv nog att hävda att rubriken hade täckning i artikeln, för det höll på att kosta mig vikariatet. Han förklarade att tidningen har många religiösa prenumeranter och de förväntar sig att hamna i paradiset, även om de kremeras.

Nu har jag åter låtit ett infall komma med i tidningen, den här gången som en insändare som jag har skickat till Lindas hjärtespalt i hennes bilaga, där jag med ett fingerat namn berättar om en mans smärtsamma åtrå efter en kvinna som behandlar honom som om han vore luft och som nu hoppas få anvisningar om hur han kan vinna hennes gunst. Och i dag publicerades Lindas svar som kan sammanfattas med följande uppmaning: Du kan vinna den kvinnans kärlek genom att älska hennes svagheter.

Linda skriver förnuftigt om sex, känslor och relationer, men själv lär hon bara ha haft några förhållanden trots att beundrare glor längtansfullt på henne som barn på glass. Hon påstår att hon är för lycklig för att ha ett förhållande. En gång utbrast hon: Vad ska jag med en karl till så länge jag duger åt mig själv?

Somliga kolleger tror att Lindas inställning beror på lesbisk böjelse, andra är övertygade om att hon lider av något slags obotlig könssjukdom.

Det senaste skvallret började på kontoret och rullade som en lavin rakt genom centralredaktionen och annonsavdelningen ända ner till tryckeriet. Det viskas om att Linda fick starta bilagan för att hon har ett förhållande med chefredaktören.

De spekulerande männen har emellertid en olycka gemensam: De har nobbats av Linda. Jag däremot har inte ens fått tillfälle att växla blickar med henne. Nu hoppas jag att hon ska ta reda på vem som skrivit insändaren genom att fråga mig. Jag har nämligen sett till att kocken på hennes stamställe ska ge henne en stor ask exklusiv choklad, den enda svaghet hon uppenbarligen har, med meddelandet: Tack för rådet! Jag har följt det som du märker.

Jag ska omedelbart erkänna att jag är den skyldige, även om det kan väcka Lindas omtalade vrede. I värsta fall kan det sluta med att jag får sparken, men just nu känns det att vad som helst är bättre än hennes likgiltighet, för min allt plågsammare längtan efter henne håller på att förtära mig.

Jag väntar allt mer nervöst på att Linda ska återvända till redaktionen. Ifall hon skäller ut mig ska jag kasta mig gråtande framför hennes fötter och tigga om förlåtelse i hopp om att det ska framkalla medömkan hos henne, som jag i så fall ska utnyttja bit för bit för att komma närmare henne. Det är en falsk taktik, men förälskelsen gör mig ofta lömsk och ynklig. I känslornas virrvarr har jag gjort många misstag och ändå upprepar jag samma dumheter år efter år som om de vore förutsättningen för mina känslor för kvinnor.

Jag ser på klockan att Linda när som helst ska återvända till tidningen. Kanske struntar hon i vad en stackars hunsad, stressad vikarie gör? tänker jag missmodigt.

Chefredaktören skickar knappast Linda på mig, resonerar jag. Det skulle bekräfta ryktet om att hon har ett förhållande till honom. Inte heller skulle hon beklaga sig hos de andra cheferna, eftersom hon har avvisat dem. När en av dem klappade Linda på stjärten vände hon sig om för att ge honom en örfil, men han hann hoppa undan och hon skrek: Tafsa på min moster men inte på mig, skitstövel! Då frågade han flinande: Ja, gärna, var är hon? Och hon svarade snabbt: I graven! Och där hör du också hemma som en kvarleva från forntidens kvinnoförakt.

Nu hörs Lindas bestämda steg i korridoren och jag får svårt att andas av nervositet. Jag vet att det är hon, för hon går hastigt men jämnt som en tickande klocka utan att för den skull verka stressad.

Jag hinner precis torka bort svett ur pannan, innan Linda stiger in på centralredaktionen. Hon går genast fram till mig med chokladasken i den enda handen och bilagan i den andra. Hon lutar sig över mitt bord, slår upp sidan med insändarna medan jag ängsligt tittar upp mot henne, men hon ser bara vänligt neutral ut när hon säger:

– Har du skrivit rubriken Jag vill älska dig?

– Är det något galet med den? frågar jag.

– Nej, rubriken är perfekt, för insändarens budskap är ju just det, svarar hon medan hennes svarta hår snuddar vid min kind. Det handlar ju om äkta känslor, eller hur?

Du ljuva varelse, tänker jag, när våra blickar åter möts för nå-

3

gon sekund. Jag skulle kunna dö leende i din famn.

– Det var bara ett infall, svarar jag med en darrig stämma.

– Jag hoppas att du få fler sådana fantastiska idéer, för på den här tidningen har de flesta slutat tänka, säger hon och klappar mig uppmuntrande på axeln.

Linda lämnar skrattande centralredaktionen medan jag förbryllad försöker begripa situationen. Några minuter senare ringer telefonen, det är Linda och hon vill att jag omedelbart ska komma till hennes rum.

Jag tar ett djupt andetag, knackar på Lindas dörr och hon öppnar med ett brett leende utan att släppa in mig, men jag förstår ändå att det är chefredaktören som sitter vid hennes skrivbord bakom en uppslagen tidning, för det är bara han som använder tofflor på jobbet.

– Det är lite märkligt att han som skrev till min hjärtespalt visste exakt vilken choklad jag är förtjust i, säger hon, medan chefredaktörens hand letar sig fram till den öppna chokladasken. Har du något att säga om det?

– Det måste bara vara en tillfällighet, men jag kan ta reda på det för dig ...

– Tacka killen för den härliga chokladen, avbryter hon och stänger dörren prompt framför mig.

Jag står kvar framför dörren en stund och hör Linda och chefredaktören gapskratta om och om igen.

Nattchefens test

På eftermiddagen sitter tidningens högljudda, tjocka natt-chef Greta som vanligt med fötterna på sitt skrivbord, omgi-ven av några fjäskande journalister som lyssnar lyhört som dresserade hundar på vad hon anser vara de viktigaste nyheter-na. Ibland sägs något lustigt och då skrattar hon så våldsamt att hennes tunga halsband dinglar rasslande mellan hennes enorma bröst.

Jag skyndar förbi centralredaktionen för att dricka kaffe tills det spontana kotteriet är slut. Jag undviker nattchefen, eftersom hon är elak mot mig.

– Kom hit! skriker Greta efter mig.

Jag återvänder med hårt bultande hjärta till centralredaktio-nen medan jag undrar för mig själv vad hon ska klaga på den här gången. Alla stirrar tigande på mig när jag stiger fram till henne.

– Nu är det dags för dig att visa vad du kan som reporter, säger Greta.

– Jag är anställd som redigerare, påpekar jag.

– Det spelar ingen roll! skriker hon. På den här tidningen ska journalisterna kunna skriva också! Du påstår ju att du kan det.

Jag rodnar av ursinne, när Greta leende viftar med ett brev som jag skrev när jag sökte vikariat på tidningen. Jag hävdade att jag var kompetent att jobba som reporter. Visserligen har jag bara fem års erfarenhet av yrket, men å andra sidan har jag avlagt examen på journalisthögskolan och studerat tyska på universite-tet och på några skolor i Hamburg och Wien. En sådan gedigen utbildning är sällsynt bland de äldre journalisterna och de själv-utnämnda begåvningarna. De flesta är misslyckade studenter el-ler självlärda och de har en inställning gemensam: De kan allt.

Ändå fick jag bara jobba som redigerare. Jag godtog det, eftersom jag trodde att tidningen krävde högre kompetens än min för att arbeta som reporter. Men sedan märkte jag att jag har bättre meriter än de flesta reportrar som fått vikariat den här sommaren och det kändes förnedrande.

Greta började som praktikant på korrekturet efter studenten. Sedan avancerade hon tio meter till nästa bord som redigerare, gifte sig med sin nattchef och fick en dotter. Därefter flyttade hon ytterligare tio meter, blev nattchef och skilde sig. Under dessa tjugo år har hon blivit minst två kilo tyngre för varje meter som hon har avancerat.

Efter en vecka började Greta att trakassera mig. Jag hade klagat över att det var jobbigt att redigera de flesta vikariers artiklar för att de innehöll många språkliga fel. På något sätt fick hon reda på min kritik och uppfattade den uppenbarligen som ett angrepp på henne. Av allt att döma har hon komplex för sin bristfälliga utbildning.

– Jag har aldrig misslyckats med något uppdrag som reporter, läser Greta högt ur mitt brev medan journalisterna runt om henne flinar förtjust, och sedan stirrar hon på mig och säger:

– Nu får du en chans att bevisa att det är sant.

– Vad vill du att jag ska göra? frågar jag behärskat.

– Du ska intervjua en tjej som tränar hårt för att bli snabbast i världen på att vicka på tårna, säger hon och ger mig en bild på en artonåring.

Jag lämnar tidningen, beslutsam att visa nattchefen att jag är en duktig reporter. Jag åker till en strand vid havet, där en ung kvinna väntar på mig. Hon ligger lojt utsträckt på stranden i en tunn bikini som visar mer än den döljer av hennes yppiga, kurviga kropp som tycks pulsera av liv och lust, och i ett svindlande ögonblick förstummas jag av tonåringens kvinnlighet som utstrålar en harmonisk självklarhet som om hela hennes väsen säger: Jag är livet och jag njuter av det.

En sådan kvinna skulle jag vilja befrukta, tänker jag medan

6

hon fnittrar som om hon kan läsa mina tankar.

– Jag tränar varje dag för att bli snabbast i hela världen på att röra på tårna, säger hon.

Det förbryllar mig att hon vickar tafatt med tårna, men jag slutför ändå intervjun, för jag har ingen lust att återvända till tidningen utan att ha något att skriva om. Jag misstänker att det är ett slags jippo för något företag inom fotbranschen även om hon förnekar det. Jag har inte tid att kontrollera det, så jag beslutar att skriva artikeln på så sätt, att det tydligt framgår att det är hon som står för uppgifterna.

När jag återvänder till tidningen, uppmuntras jag av några reportrar som bojkottar nattchefen. Visa den tjocka häxan vad du kan! ropar en av dem. Efter en timme har jag skrivit artikeln och ger texten till Greta för bedömning. Jag är belåten, för den är ett hyfsat hantverk som till och med klart i tid.

Greta läser tyst artikeln medan jag otåligt väntar på beröm. Tystnaden blir allt mer plågsam. Plötsligt börjar hon att skratta. Hon skrattar så våldsamt att hennes feta buk skakar medan jag bedrövat vacklar bakåt. En efter en kommer de fjäskande journalisterna fram till nattchefen. Också de skrattar när de läser artikeln.

Förvirrad återvänder jag till min dator. Där kollar jag de sidor jag ska redigera i kväll och upptäcker att en annons är avbeställd. Det innebär att jag har plats för min artikel. Ibland händer det att bilder, texter och annonser utgår och då måste redigeraren ordna något annat på det utrymmet. Jag placerar min artikel på den lediga platsen med en sensuell bild på flickan och en närbild på hennes tår och skickar sidan till fotosättning.

I morgon kommer åtminstone läsarna upptäcka att jag kan skriva, tänker jag trotsigt.

Jag hinner redigera några texter och några sidor, innan Greta åter ropar efter mig. Jag känner mig nervös, för det betyder ofta obehag när hennes fjäskande journalister ler förväntansfullt.

– Vi publicerar inte jobbet, säger Greta.

7

– Är det så dålig? undrar jag.

– Nej, texten är faktiskt bra skriven, svarar hon. Men världsmästaren är en fejk, hon är nämligen min dotter. Det hela var bara en test för att vi skulle få veta vad du går för. Du underkänns, för en kompetent reporter hade inte gått på bluffen.

– Då har jag gjort en hemsk tabbe, säger jag. Jag har redan monterat texten och bilderna på en sida.

Greta utbrister i ett gällt tjut och de fjäskande kollegerna skyndar sig förskräckt därifrån åt alla håll som ett jagat fiskstim.

– Idiot! Skandal! Stoppa artikeln!

– För sent, svarar jag och ger henne en kopia. Sidan är redan på tryckeriet.

Hon sjunker skälvande ihop i sin extra breda stol. Hon vet att det blir dyrt att göra om en sida med färg nu, eftersom det försenar tryckningen.

– Nu ska du få veta att du lever, hotar hon och rycker åt sig telefonen för att ringa chefredaktören. Du har skändat min stackars lilla dotter, din snuskhummer!

– Din dotter har väl inget att skämmas för, hon är ju vacker.

– Karin är efterbliven, hon ligger med vilken dåre som helst som bjuder henne på sötsaker.

Jag släpar mig till mitt bord, vimmelkantig av dystra tankar om min framtid som journalist på tidningen, inte bara för att jag har tagit ett eget initiativ, utan framför allt för att nattchefen kan hävda att jag har utnyttjat dottern, om hon talar om att jag har tafsat på hennes fötter.

Jag plockar ihop mina få prylar, för jag utgår från att jag strax ska avskedas.

Något senare skriker Greta att chefredaktören vill prata med mig. Hon kopplar samtalet till mig. Han låter sömnig som om han har blivit väckt.

– Det är för jävligt att varje jävla sommar gör vikarierna misstag som jag sedan måste be ursäkt för, säger chefredaktören med behärskad ilska.

– Ja, allt är mitt fel, jag satte in texten utan att fråga nattche-
fen först, erkänner jag utan vidare.

Chefredaktören förklarar att han är djupt besviken på mig, för
han förväntade sig att jag skulle bli ett lyft för tidningens redige-
ring. Jag lyssnar tigande, för en vikarie har hur som helst ingen
chans att hävda sin rätt mot en allsmäktig nattchef.

– Du har diskvalificerat dig som redigerare. I fortsättningen
ska du jobba som reporter tills ditt vikariat har avslutats för gott,
säger han.

Sjuk av känslor

Mina känslor håller mig vaken på nätterna. Jag ligger i sängen, svettig och förvirrad och tycker synd om mig själv medan jag lyssnar på lustfyllda läten från lägenheten ovanför. Det är grannen Joanis som med sin kvinna förverkligar det som jag drömmer om att få göra med Linda.

– Aaaaaååh! vrålar Joanis.

– Aaaaaaiih! kvider kvinnan.

Därefter blir det tyst och jag återgår till mitt grubblande. Jag föraktar mig själv för att jag har förälskat mig i en kvinna som utstuderat grymt leker med mina känslor. Linda förlöjligar mina inviter men ger mig samtidigt så mycket hopp att jag ska fortsätta att tråna efter henne. Ibland verkar det som om hon gör det bara för att roa sig på samma sätt som en katt som leker med sitt byte innan den biter ihjäl det.

Till slut kunde jag inte arbeta längre, för jag kände mig förvirrad och tankspridd. Det var bara Linda som existerade i mina tankar och jag drömde ständigt om att få förena mig med henne för evigt. Det är ett typiskt symtom på psykisk förkylning som är min beteckning på förälskelsen. Det är en åkomma som jag drabbas av några gånger varje år, men sällan så starkt som den här gången.

Jag har förgäves försökt befria mig från dessa plågsamma känslor med andra kvinnor, med vin och långa promenader och sedan en vecka är jag sjukskriven. I stället har jag isolerat mig hemma för att värka ut känslorna som ett slags feber.

Under min isolering har mina känslor svalnat långsamt men säkert som en övergiven eld. Min isolering har påskyndat den här processen, men det har ibland gjort så ont att jag har drabbats av yrsel och sömnlöshet. Jag var i alla fall förberedd på det, eftersom jag vet att smärtan är en naturlig följd av allt som hotar att dö före sin fullbordan. Men nu är det värsta över, jag känner att jag har fått någorlunda kontroll över känslorna.

Under den här svåra tiden har jag lärt känna Joanis kärleksliv genom att lyssna. Höghuset är så lyhört på natten att jag till och med kan höra honom snyftande säga: Min vackra hona, nu ska vi blanda våra gener!

Få skulle kunna föreställa sig att Joanis är kapabel att älska natt efter natt, om man utgår från hans utseende. Han är visserligen sydlänning och de anses vara virila, men detta exemplar är magert och klent, högst ett hundra sextio centimeter långt, och rösten är späd, ibland ängsligt pipig.

Den lille mannen är också energisk som konstnär. Nästan varje morgon går han till busshållplatsen med en prydligt inpackad tavla som han ska leverera till någon kund. Han målar porträtt, oftast efter fotografier, på beställning. Det var så han träffade sin kvinna. Hon ville ha en målning av sin hund.

Numera ångrar jag att jag har varit avvisande och överlägsen mot Joanis. Jag misstänkte att han var ute efter mer än vänskap. Han är påfallande närgången, feminin och doftar parfym.

Hans fåfänga omsorg om sitt svarta hår kan ge upphov till löjliga situationer. Han kammar håret framåt för att dölja flinten och av samma anledning föredrar han att gå i medvind. En morgon stressade han som vanligt till hållplatsen med en tavla, när vindarna plötsligt kom från alla riktningar. Han vände huvudet åt alla möjliga håll men vinden var alltid snabbare och slet tag i håret så att det fladdrade likt en trasa. Då gav han upp och höll håret på plats med handen.

Joanis blev emellertid självsäkrare och mer målmedveten, när han lärde känna sin kärlek: En gänglig och propert klädd kvinna som är ett huvud högre än han. I början av deras förhållande gick hon några steg före Joanis som om hon skämdes över honom och på så sätt ville markera för omgivningen att de bara var bekanta.

11

Efter några veckor fick han lov att gå vid kvinnans sida och strax därefter flyttade hon in i hans lägenhet. Hon accepterade Joanis till slut för att han kunde leka med hennes älskade, bortskämda hund. Han fann sålunda nyckeln till hennes kärlek, ett sådant slags kärlek som är likgiltig för utseende, ålder och pengar.

Parets nattliga samlag har varit min tröst under de nätter jag har kämpat för att befria mig från mina känslor. Jag känner att jag åtminstone har lyckats dämpa min längtan att få älska Linda.

Varje natt under min isolering har Joanis och hans kvinna älskat. Samlaget inleds med musik som var populär då de var tonåringar. Sedan stänger de av skivspelaren och det blir tyst en stund som om de vill lyssna på varandras lust.

Antagligen ligger Joanis nu tätt invid sin kvinna med samma avsikt som en galt när den stöter sitt fuktigt kåta tryne i en suggas buk för att den ska begripa att det är dags för betäckning, tänker jag där jag ligger i sängen och lyssnar.

Nu hörs ljudet av målmedvetna rörelser som avslöjar att samlaget har börjat. Då väntar jag spänt på Joanis enorma utlösning som förvandlar den spinkige mannen till en brunstig, rå vilde som ett eko från urtiden. Hans vrål får mig att minnas min spontana glädje när jag som barn satt förväntansfull på bio och såg apornas son vrålande svinga sig fram med lianer bland träden i djungeln.

Knarret från sängen blir allt intensivare tills de plötsligt upphör tvärt med några korta men kraftfulla vrål: Aaaaaååh! Det låter som om Joanis får några hårda slag i magen, slag som han väntat på men som blev kraftigare än beräknat. Strax efter hans sista vrål utstöter kvinnan ett utdraget gällt tjut: Aaaaaiih!

Sedan inträder en total tystnad. Antagligen är de för utmattade för att göra något annat än att somna medan jag fortsätter att grubbla över mitt elände.

På morgonen känner jag mig yr av trötthet men någorlunda stark för att börja jobba och åter träffa den kvinna som gjorde mig sjuk av känslor. När jag är på väg till busshållplatsens, ropar

Joanis bakom mig. Han springer fram till mig med lätta, dansanta steg. Han är befriande munter trots att han har älskat som vanligt några timmar i natt men han är för upprymd och lycklig för att känna trötthet. Inte ens hans fladdrande hår bekymrar honom längre.

– God morgon! hälsar han med utsträckta armar mot solen som om han vill omfamna den. Det är väl härligt att leva?

– Visst, svarar jag trött och vänder mig om, för jag är fortfarande för känslig för att se lyckan, den får mig att känna mig ensam och trasig.

Han ställer sig framför mig och räcker leende fram en liten tavla.

– Här har du min tolkning av kärleken som jag lovade att skänka dig, säger han och springer tillbaka till sin lägenhet, där hans älskade kvinna väntar med sin hund.

Tavlan förvirrar mig. Jag betraktar den från alla håll, men kan ändå inte se vad den ska föreställa. Den består bara av en kaskad av starka färger som tycks vara på väg åt alla riktningar in i det oändliga.

Hjärnspöke

Jag flyr skräckslagen från en hund som skäller ondskefullt i en skog medan jag förbannar mig själv för att jag är så feg att jag låter mig jagas av ett spöke. Det är bara fantasier, tänker jag, men jag fortsätter ändå att springa.

Jag viker av från stigen, rusar ner till en grund bäck och traskar fram i vattnet. Jag har sett i någon film att man på så sätt kan lura hundar. Några hundra meter längre ner lämnar jag bäcken och samtidigt tystnar hunden. Den har uppenbarligen nått fram till vattnet och förlorat vittringen. Utmattad sjunker jag ihop på den fuktiga marken.

I några veckor har jag letat efter osaliga andar med kamera och bandspelare för att göra en serie reportage om dem. I början uppfattade jag uppdraget som ett sätt för chefredaktören att hålla en stökig vikarie borta från redaktionen, men sedan upptäckte jag att många faktiskt tror på sådana väsen och då kändes jobbet meningsfullt. Jag har intervjuat flera människor som svurit på att de har sett spöken, jag har undersökt slott och kusliga miljöer där de påstås ha visat sig och ändå har jag ännu inte ens sett en enda glimt av dem.

Den här vålnaden ska vara en ung kvinna som vaktar en övergiven, förfallen bondgård. Hon jagar bort besökare med sin stora, svarta hund. Det berättas att hon var en av de sista invånarna i den här skogen som förut var en landsbygd som odlades av småjordbrukare. När industrin kom i gång på allvar, flyttade de flesta till staden. Kvar blev de gamla och den unga kvinna som tog hand om sina föräldrar. Gårdarna förföll, träd och buskar fick växa fritt över åkrar och hagar. Så småningom köpte kommunen området och numera använder stadsbor det för rekreation.

I gårdens avskrädeshög hittade jag en massa flaskor som ser ut att ha innehållit medicin och alkohol. Tydligen var ensamheten svår för kvinnan. Den kan vara en anledning till att hon begick självmord. Hon förgiftade sig själv och hunden.

Nu hörs hunden ivrigt skällande igen. Den har åter fått vittring på mig. För ett ögonblick överväger jag att stanna kvar. Ett spöke kan knappast göra något levande illa, resonerar jag, men jag tvekar, för det ilskna skällandet låter så verkligt och närmar sig med hög fart mot mitt håll så att rädslan griper tag i mig igen.

Hundens skällande tycks nu fylla upp hela skogen. Jag drabbas av panik och börjar springa igen. Det är som en mardröm som vibrerar av ångest och fruktan, där man springer men ändå står kvar på samma fläck samtidigt som det man flyr ifrån kommer allt närmare. Just när det hotfulla är ifatt vaknar man ur drömmen, svettig och andfådd.

Jag får nya krafter när de översta våningarna av några höghus i en förort skymtar bland trädens toppar medan hunden nu hörs gläfsa av iver helt nära bakom mig. Plötsligt drabbas jag av andnöd, blir svag av skräck och tittar desperat efter ett träd att snabbt klättra upp i.

– Jävla hund! Jag dödar dig om du rör mig! skriker jag förtvivlat och vänder mig om vrålande av fruktan, höjer kameran och fotograferar två glödande, röda ögon.

Nästa ögonblick hoppar den stora, svarta hunden på mig. Jag faller omkull och rullar nedför en brant och svimmar. När jag återfår medvetandet stelnar jag av fasa, för hunden står med sina främre tassar på min bröstkorg. Den flämtar häftigt och från dess hängande tungan droppar klibbigt sekret ner på mitt ansikte. Jag väntar som lamslagen på att den när som helst ska bita mig i strupen.

Den unga kvinnan springer skrattande fram och säger ömt till hunden:

– Fy skäms, inte skrämma människor.

Hunden ställer sig invid kvinnan, energiskt viftande på svan-

15

sen. Hon binder ett koppel om dess hals och de lämnar mig, hon retfullt skrattande och hunden ivrigt gläfsande.

Jag stirrar efter dem, nu mer ilsken än rädd, och jag vill ge igen för att de har förnedrat mig. Jag får fatt i en grov gren och skriker efter dem:

– Kom tillbaka, era jävlar!

Men kvinnan fortsätter att skratta, när hon lämnar stigen och försvinner in bland träden mot några villor. Jag springer efter henne, jag följer skrattet men det tystnar tvärt när jag kommer fram till en villa. Jag ser mig förvirrad omkring. Kvinnan och hunden tycks ha försvunnit i intet i samma ögonblick som hon slutade skratta.

På andra sidan av en häck står en medelålders, fet man på en terrass och siktar med ett luftgevär mot några starar som skuttar omkring bland hans jordgubbsplantor. Han träffar en fågel, den hoppar upp och landar på ryggen med kippande näbb, sprattlande vingar och ben, medan blodet pumpas ur bröstkorgen.

Mannen får syn på mig och höjer luftgeväret mot mig.

– Du är väl ingen galning? undrar han.

Jag skulle säkert ha ställt samma fråga, om det plötsligt dök upp en smutsig främling med en grov gren i handen ur skogen.

– Ring polisen! skriker jag. En kvinna med en galen hund har försökt ta livet av mig.

Mannen tycks tveka.

– Hon är farlig, jag har beviset här! säger jag och viftar med kameran och bandspelaren.

– Ja, ja, ta det lugnt, jag tror dig.

Jag sätter mig på terrassen, utmattad, sårig och våt av svett. Kamerans skärm visar bara en suddig bild av skogen, där hunden angrep mig, så jag sätter på bandspelaren. Ju längre jag lyssnar, desto mer förbryllad blir jag, för jag hör varken kvinnan eller hunden, utan bara min ångest och rädsla. Det är som om jag hela tiden har flytt från något som bara existerar i min hjärna. Ändå är jag övertygad om att allt som jag har upplevt var verkligt.

16

Barnvakten

Det ringer på dörren, jag öppnar och framför mig står en välklädd karl med en jättelik bukett blommor. Det är Gretas trolovade Johan. Hans stora, vita leende krymper för ett ögonblick ihop till en misstänksam grimas.

– Det var länge sedan vi sågs sist, säger jag leende och luktar på blommorna. Du ser ju ut som en gentleman.

– Behåll dina tankar för dig själv, svarar Johan.

Greta skuttar ut till hallen, hon sluter armarna om Johans hals och pussar honom på munnen, men han är avvisande stel.

– Vad gör den där mannen här? frågar han.

– Det är bara en kollega, han ska passa Karin när vi är ute, så att hon inte sticker ut igen, svarar hon.

Greta återvänder till toaletten för att sminka sig och jag och Johan sätter oss mitt emot varandra i finrummet. Han återfår sitt perfekt bländvita leende, rättar till sin slips som matchar hans dyra, mörkblåa kostym, blanka, svarta skor och exklusiva parfym som tränger bort alla andra lukter likt en katt som markerar ett revir med sin påträngande urin.

Johan försöker imponera på mig som om han har glömt att jag anser att han är en simpel typ.

– Jag har blivit utsedd till årets företagare, säger Johan medan han vrider på sina glänsande ringar. Just nu har jag fyrtiotre anställda och jag håller på att bygga ut verkstaden.

– Jag vet, Greta har berättat det, svarar jag. Men den utmärkelsen är i princip värdelös, för den ges av samma, lilla förening som du är medlem i.

– Du då, du är väl fortfarande kvar i skiten på någon verkstad? frågar han ilsket.

– Nej, numera krälar jag i själslig skit, jag jobbar som journalist, svarar jag.

Jag lärde känna Johan på en verkstad, där vi jobbade som finmekaniker. På den tiden var Johan beskedlig, men han brukade skryta om sin långa, tjocka penis. Det gjorde mig betänksam, för på den tiden misstänkte jag att det kunde finnas ett samband mellan grymhet och stora könsorgan. Redan då kunde han vara taskig mot kolleger som var svaga eller beroende av honom och samtidigt inställsamt artig mot chefer.

Johans karriär började med en begagnad svarv som han köpte av företaget. Han placerade den i en förfallen förrådsbyggnad på landsbygden, engagerade en pensionerad finmekaniker och började stjäla material och kunder från sin arbetsgivare.

Han blev allt mer fixerad vid sex, ju större hans företag blev. Efter några år hade hobbyn blivit så lönsam att han slutade på verkstaden som hade hamnat i en allvarlig ekonomisk kris.

Sedan dess har han varit gift två gånger, haft några tonåriga älskarinnor och fått tre barn med tre kvinnor. Hans två fruar begärde skilsmässa för att han misshandlade dem. Utåt spelar han alltid rollen som den perfekte maken och arbetsgivaren.

– Du har förändrats mycket, säger jag. Förut var du blyg för kvinnor.

– På den tiden hade jag ingen chans hos kvinnor, för de var inte intresserade av en fattig jobbare.

– Så nu tar du revansch?

– Jag har begripit att pengar och makt är det enda som människor respekterar.

Jag har försökt övertyga Greta om att Johan bara utnyttjar kvinnor för egna syften. Även om hon har motionerat och bantat intensivt i några veckor är hon fortfarande tjock och klumpig. Därför utgår jag från att han är ute efter hennes inflytande som nattchef på tidningen och att sexuellt utnyttja hennes undersköna men socialt efterblivna, artonåriga dotter.

Men Greta är för förälskad för att tro på mig. Min kritik avfärdar hon som avundsjuka för att han är framgångsrik. Även om jag har fått de flesta uppgifterna om Johan genom skvaller, så innehåller det oftast en gnutta sanning. Det fick jag till en viss del bekräftat när jag pratade med en av hans före detta fruar.

Dessutom är Greta trött på att vara singel, utled på att på grund av sitt jobb aldrig hinna med hemmet och sin trotsiga, lynniga dotter.

Ändå har jag bestämt mig för att försöka sabotera Gretas förhållande till Johan. Det kan innebära att hon åter blir elak mot mig på jobbet och att jag aldrig mer får träffa hennes dotter, men jag känner mig frustrerad för att Johan än en gång klampar in i mitt liv för att ta för sig. Det värsta är att hur jag än agerar kommer han åter att påverka min framtid, och just det gör mig arg och frustrerad.

Det är delvis Johans fel att jag en gång blev arbetslös. Johans konkurrens bidrog till att verkstaden till slut gick så dåligt att jag och flera andra jobbare sades upp. I ren ilska beslöt jag att studera journalistik på högskolan för att som reporter skriva om kapitalismens mörka baksidor. På den tiden hade jag en idealiserad syn på yrket och trodde att det var ett viktigt uppdrag i ett demokratiskt samhälle tills jag upptäckte att vilken idiot som helst kan bli journalist med rätta kontakter och att tidningarna bara har ett pliktskyldigt intresse för artiklar som ifrågasätter kapitalets makt över samhället.

Greta kommer ut till finrummet, hon sätter sig bredvid Johan och ler lyckligt mot honom.

– Jag är inte svartsjuk av mig, påstår Johan. Du har rätt att umgås med vem du vill, men jag vill ändå veta om du har legat med den där mannen.

– Nej, det har jag aldrig gjort, svarar Greta sannskyldigt. Han har inte ens kramat mig. Det enda han vill är att umgås med Karin.

Johan vänder sig mot mig och frågar:

– Är det sant?

I det ögonblicket ser jag en chans att knäcka deras förhållande, för jag vet att Johan inte bara lider av svartsjuka, utan framför allt av misstänksamhet. Det är två vanliga egenskaper som jag har funnit hos män som är farliga för kvinnor.

– Nej, vi hade just knullat färdigt när du kom, svarar jag leende.

Greta utstöter ett gällt tjut av förskräckelse, tar krampaktigt tag om Johans arm och skriker:

– Han ljuger för att han inte gillar dig!

– Lita aldrig på kvinnor, säger jag lugnt. De är av naturen falska och otrogna.

– Du tror väl inte på honom? frågar Greta och ser vädjande på Johan.

– Låt oss finna sanningen på något sätt, svarar han.

Johan kliver resolut in i sovrummet och kollar sängen, men lakanet är sträckt och rent.

– Vi knullade på golvet, säger jag.

– Sluta ljuga! skriker Greta förtvivlat och smäller igen dörren.

Jag sätter mig i soffan och röker lugnt en cigarett medan jag lyssnar på det häftiga grälet i sovrummet. Johan anklagar Greta för otrohet och hon är ledsen för att han inte litar på henne medan jag undrar för mig själv hur jag ska få henne att förstå att Johans skrikigt dramatiska spektakel bara är det första steget i hans strategi att ta kontrollen över en kvinna.

Karin kommer fram till mig och undrar:

– Varför ljuger du?

– Jag vill din mamma bara väl.

– Johan är jättesnäll och mamma älskar honom.

– Ja, för hon tror att han är god och generös men han är ett monster, säger jag.

– Nej, det är du som är dum!

– Gå tillbaka till din nalle!

Jag öppnar dörren till sovrummet. Där ligger Greta snyftande i sängen medan Johan letar efter sperma mellan hennes ben.

20

– Ursäkta att jag stör, säger jag. Men jag vill bara påpeka att jag använde kondom.

Johan ställer sig upp, förvirrad och rådvill. Han stirrar först på mig, sedan på Greta och rusar därefter ut i hallen och flänger på sig rocken. Hon följer tjutande efter honom och klänger sig fast vid hans ben för att hindra honom att lämna lägenheten.

– Jag vill inte ha en hora! skriker han. Min kvinna ska vara trogen och pålitlig!

Han sliter sig ur Gretas grepp och rusar ut. Hon ligger gråtande kvar på golvet och jag går in till Karin för att dämpa hennes ilska med godis tills Greta har återhämtat sig. Jag fruktar att hon ska göra sig själv illa av förtvivlan. Jag vet av egen erfarenhet att det gör ont att förlora någon som man älskar så förtvivlat mycket.

Efter någon timme slutar Greta att snyfta. Hon stapplar in i toaletten, duschar sig och sätter sig sedan mitt emot mig och stirrar en stund anklagande på mig.

– Kan du övertala Johan att komma tillbaka? undrar hon vädjande. Du behöver ju bara säga varför du ljög.

Pyjamaskvinnan

Minns du mig? frågar en skärande gäll röst i telefonen så tidigt på morgonen att livet bara känns som en smärtsamt tung börda.

– Visst kommer jag ihåg dig. En så fin kvinna som du finns för evigt i mitt hjärta, ljuger jag, eftersom kvinnor blir besvikna om jag har glömt dem.

– Vem är jag då?

Jag är beredd på den frågan och svarar:

– Ett ögonblick bara, jag måste stänga av spisen ...

– Nej, svara nu! befaller hon.

– Okej, du är Agda von Brännstråle.

– Nej, det är Gunilla!

– Å, förlåt, jag förväxlade dig med min granne. Hon har också en plågsamt gäll stämma.

– Ja, ja, men nu vet du vem jag är, eller hur?

– Självklart! svarar jag. Men nu kokar visst gröten över.

Jag rusar till min dator och kollar i registret Tjejer men finner ingen som heter Gunilla, och då kommer jag på att kvinnan i telefonen måste vara Lena. Jag känner ingen annan kvinna som kan vara så barnslig att hon gillar att leka: Vem är jag? Jag ögnar igenom de första raderna om henne. Det står följande: Lena är ett hundra sjuttiotvå centimeter lång, hon bantar ofta och är mycket stolt över sitt långa, blonda hår. Hon fick medelmåttiga betyg på gymnasiet, för hon var mer intresserad av poesi, meditation och mysiga stunder än av läxor. Hon är bra på att prata om ingenting och hon gillar att sova i pyjamas.

Lena ringer mig några gånger om året för att kolla läget, men jag inbillar mig att hon bara vill ge mig ett skäl att övertala henne att komma tillbaka till mig. Våra samtal slutar ofta med att hon blir så arg på mig att hon kräver tillbaka sitt guldhalsband som jag för länge sedan sålde för att få pengar till mat och vin.

Jag träffade Lena för första gången, när jag hade börjat på mitt första vikariat på en tidning. Jag skulle skriva ett reportage om ett mystiskt naturläger som låg djupt i en skog, där hon deltog för att finna livets mening och sig själv och så fann hon mig i stället.

På kvällarna gick vi barfota hand i hand på långa, mjuka stigar. Vi betraktade tigande den nedstigande solen medan vi lovade varandra evig trohet och avslöjade våra förväntningar på livet. Jag hoppades på att bli en berömd journalist och hon drömde om en röd stuga med utedass i naturen. Där skulle hon studera kärleken, jämlikheten, gudarna, odla biologiska grönsaker och skriva rimmade dikter.

En kväll tyckte också Lena att det var dags att sova tillsammans. Jag klädde av mig naken men hon tog på sig en pyjamas. När jag protesterade svarade hon: Jag vill veta om du också älskar min själ och inte bara min kropp.

Först trodde jag att hon skojade med mig. Hon var visserligen ung, nyss fyllda nitton år, men hon hade redan erfarenhet av sex. Sedan kände jag mig bara besviken och frustrerad. Hela sommaren hade jag ansträngt mig för att vara trogen och romantisk och så belönades jag med en pyjamas. Jag fruktade att jag hade råkat ut för den sorts kvinna som vill att mannen ska tigga efter hennes kropp, så att hon slutligen kan säga: Ja, då gör vi det väl då – för din skull! Men på den tiden var jag fortfarande för ung och stolt för att vädja om sex.

Slutligen blev våra gemensamma nätter som en mardröm för mig. Lena höll mig vaken med prat om avföring, fasta och vegetarisk kost. Det är skönt att sitta på ett riktigt gammalt dass och bajsa, för då stressar man av och kan lyssna på fåglar, sade hon och tillade: Du måste också börja fasta, så att dina tarmar får vila sig.

Till slut förlorade jag tålamodet och knuffade henne ut ur lä-

23

genheten för att i nästa ögonblick ångra mig men då var det för sent. Hon hade hunnit försvinna ut i natten endast klädd i pyjamas.

Några gånger snokade hon smygande utanför min lägenhet likt en hungrig räv runt ett hönshus. Hon visste att jag brukade sitta vid mitt skrivbord framför fönstret för att skriva. Sedan började hon visa sig tillsammans med en kille. Men jag lyckades behärska min svartsjuka trots att längtade efter henne.

Jag var övertygad om att Lenas promenader förbi mitt fönster bara var ett sätt att få mig att kapitulera och vädja: Kan vi inte träffas igen? Och då hade hon besegrat mig och kunde ha på sig pyjamasen som det behagade henne. Jag avvaktade i hopp om att hon på eget initiativ skulle återvända för att sova naken med mig.

På våren fick Lena jobb på en cirkus. I början skrev hon ofta. Våra första brev innehöll ömhet, beröm och åtrå, men så småningom blev de bittra och elaka. Hon var också besviken på att vi hade misslyckats att få varandra.

– Här är jag igen, Gunilla, säger jag. Jag blev faktiskt överraskad av att du ringde, för jag trodde att du hade glömt att jag har lånat dig tio tusen kronor.

– Har du så mycket pengar? utbrister hon förvånat.

– Ja, minns du inte det? Jag lånar gärna pengar till nakna kvinnor, ljuger jag.

– Men du är ju fattig som en råtta!

– Nej, jag låtsas alltid att jag är fattig när jag lär känna en kvinna, för annars kan hon bli mer kär i mina pengar än i min kropp.

– Du ljuger så att det gör ont i örat! skriker hon så högt att hon förlorar sin förställda röst.

– Kära Gunilla, varför säger du något så dumt?

– Jag heter inte Gunilla, det är Lena! Jag vill veta varför du inte har svarat på mitt brev?

– Jag håller just på att göra det, svarar jag.

Men jag har inte ens öppnat det senaste brevet, eftersom jag utgår ifrån att det som vanligt handlar om hennes kille, en clown som är trettiotvå år äldre än hon. Jag orkar inte längre läsa om deras lycka som skulle ha varit min, om jag bara hade haft tålamod. Då hade jag sannolikt varit gift med Lena, haft några barn och bott i en stuga i någon skog, levt sunt och skrivit sånger för hela världen och jag hade säkert varit nöjd med det.

Lena nämnde clownen redan i sitt första brev. Hon skrev: Frid, broder! Jag går upp klockan fem på morgonen och jobbar sex dagar i veckan. Jobbet är rörligt, sunt och strävsamt och jag gör lite av varje. Jag betalar räkningar, säljer biljetter, torkar bänkar och spelar kompis till en pajas. Han heter Olle och är trevlig. Må så gott!

Den där Olle återkom därefter i alla brev. Lena berättade allt mer detaljerat om deras samtal, vad de åt tillsammans och slutligen hur de sov i samma säng. Hon påpekade att hon fortfarande sov med pyjamasen på sig, men tillade att man ändå kan göra mycket, eftersom den har gylf.

Jag svarade ilsket att jag numera sov med en kvinna som föredrog att vara naken, och det resulterade i att hon också beskrev i detaljerat vad hon och Olle gjorde när han hade knäppt upp hennes gylf.

– Olle vill ha barn med mig, säger Lena andäktigt i telefonen.

Jag inbillar mig att detta är ett nytt försök att få mig att svälja min stolthet trots att vi har sårat varandra många gånger. Men även om Lena fortfarande dyker upp i mina drömmar, skulle jag knappast kunna vara tillsammans med henne längre. Det skulle helt enkelt vara för svårt glömma Lenas erfarenheter med Olle, de intima detaljerna som bit för bit har frätt sönder mina känslor för henne.

– Har häxan vad hon nu heter kommit tillbaka till dig? undrar hon.

– Nej, jag har hittat en annan kvinna, hon är intelligent, vacker, kärleksfull, bildad och sexig, säger jag.

– Hur gammal är hon då?

– Hon är äldre än du, för jag har tröttnat på unga kvinnor, de smakar surt som omogna äpplen.

Det blir tyst en stund och jag hoppas att det ska innebära att hon säger att hon bara har hittat på Olle för att göra mig svartsjuk men i nästa ögonblick inser jag att det bara är ett önsketänkande.

– Jag vill ha tillbaka halsbandet, säger Lena till slut.

– Men du gav mig det som ett tecken på att vi tillhör varandra för evigt, svarar jag. Du lovade det inför den nedgående solen, har du glömt det?

– Nej, men nu ska min älskade Olle bära det.

– Det går inte. Jag har gett det till min nya kärlek, ljuger jag.

– Hur kan du vara så grym? Du vet ju att det är en släktklenod!

– Jag vill bara ge något så värdefullt till en kvinna som ger mig naken kärlek.

– Se till att du omedelbart får tillbaka det! skriker hon och slänger på luren.

Röst för utslagna

En skränig, fet fotograf dyker upp vid min sida på tidningens centralredaktion.
– Nu har jag fixat bilderna på den töntiga näktergalen från landet, säger han.

Jag blir besviken när jag synar bilderna.

– Du har förstört bilderna! Det är ju viktigt att hon ser vardaglig ut som kontrast till hennes undersköna röst, svarar jag ilsket, eftersom jag nyligen insett att fotografen är en bluff som många andra som kommit in bakvägen till journalistiken med slumpen som den enda kompetensen.

– Jag har för fan bara softat bilderna och suddat bort det bruna märket på näsan, förklarar han.

Jag avskyr skojare inom mitt yrke, eftersom de upprätthåller myten om att det bara behövs begåvning och självförtroende för att bli journalist.

Fotografen lever fortfarande gott på sitt rykte som modig journalist efter att ha fotograferat ett blodigt uppror som han av misstag hamnade i som liftande turist. Det gav honom fler uppdrag och så småningom anställning som fotograf på tidningen och därmed ett bekvämt liv med en villa inklusive en familj med två barn i en trygg förort för en välavlönad medelklass.

Jag blev med ens övertygad om att fotografen måste ha låtit någon annan tagit de djärvaste bilderna från upproret, när vi återvände till tidningen efter att ha besökt den begåvade sångerskan. När fotografen skulle parkera bilen på en av tidningens hyrda platser, stod där en storvuxen, lufsig man och pissade trots att det vimlade av människor i närheten på väg till lunch. Mannen vände sig sävligt om och stirrade argsint på oss men verkade ändå frånvarande. Jag utgick från att han var påverkad av narkotika. Därför tog jag några steg bakåt, beredd att försvara mig.

Mannen skrek att det var hans plats och att han alltid pissade där, medan han gick mot mig. Jag vände mig om för att be fotografen om hjälp men han hade redan ställt sig på ett betryggande avstånd som om han vore paralyserad av rädsla.

I det ögonblicket tog knarkaren tag i min jacka och skakade om mina sjuttiosex kilo. Hans styrka oroade mig men jag behärskade min rädsla. Jag tryckte upp knäet mellan hans ben, han stönade till och jag ryckte mig loss. Därefter rusade han mot mig vrålande att han skulle döda mig.

Jag utförde ett perfekt slag mot hans bröstkorg som normalt räcker för att göra den träffade medvetslös, men den kraftige mannen vacklade bara till och såg förvånad ut att jag vågade försvara mig. Han rusade åter vrålande mot mig och möttes av en spark mot huvudet. Han stupade direkt, blev liggande på marken med öppna ögon och blödande mun.

Jag har själv en gång befunnit mig i liknande hjälplös situation. Det svåra är inte smärtorna och förnedringen, utan hjälplösheten, att ens liv är helt i händerna på missdådaren. I ett sådant läge blir stolthet och mod bara larviga begrepp. Man koncentrerar sig enbart på att överleva. Det var förmodligen den insikten som räddade mig från att slås ihjäl av ett gäng killar som ville straffa mig för att jag tittade för länge på en av deras flickor.

Efter en kort vistelse på sjukhuset började jag att träna karate. Sedan dess har jag sällan angripits. Det verkar som om våldsverkare i första hand väljer lätta byten precis som ett rovdjur jagar de svagaste djuren i en flock.

Mannen reste sig vacklande upp och sträckte ut sin hand för att be om ursäkt men jag skrek åt honom att försvinna, och han lommade in bland buskarna på andra sidan vägen.

Jag litar inte ett dugg på desperata typer, eftersom de inte har något att förlora på att strunta i sociala koder. En ung vikarie gick på finten att ta emot en ursäkt. Han knivskars i ansiktet.

28

Några veckor senare återvände han till redaktionen med fula ärr på kinderna. Han blev djupt deprimerad av sitt vanställda ansikte och sade upp sig.

Allt fler kolleger och vänner drabbas av kriminaliteten, de hotas, deras hem plundras och bilar vandaliseras. Jag är övertygad om att det är den allt hänsynslösare kapitalismen som är den främsta orsaken till denna utveckling. Förut sade kapitalisterna upp anställda för att rädda företaget från konkurs, nu sker det för att maximera vinsten. När människors försörjning blir mindre värda än ökad vinst, rycker man också undan deras trygghet och tro på en bättre framtid. I värsta fall kan de mista känslan för samhörighet med samhället och då blir det moraliskt lättare att vilja förstöra det, resonerar jag.

Men det är inte de rika och deras välbetalda lakejer som i första hand drabbas, för de har råd att skydda sig mot kriminaliteten med väktare, höga murar och avancerade larm. Det är de vanliga människorna som tvingas leva i eländet, de som fortfarande kämpar trots allt sämre odds. När en majoritet av dem börjar ropa efter hårdare straff, fler poliser och fängelser har samhället tagit det första steget mot diktatur, för då stiger den starka ledaren fram och lovar att ställa allt i ordning igen.

Jag känner mig djupt besviken på fotografen. Jag har stått ut med hans plumpa skämt om misslyckade kolleger, att han är mer eller mindre analfabet och att han manipulerar bilder, eftersom jag har uppfattat honom som en vän.

– Du är en jävla fegis, säger jag till fotografen.

– Nej, jag ville ge dig chansen att öva lite karate på en värdelös uteliggare, svarar han och springer iväg till nästa uppdrag.

En sådan hycklare! tänker jag.

Fotografen såg verkligen rädd ut när knarkaren gick till attack trots vi tillsammans skulle enkelt ha kunnat lugna ner honom.

Jag granskar än en gång de manipulerade bilderna på den unga kvinnan som sjunger bedårande nyanserat sånger som hennes pappa har skrivit. Vi skulle ursprungligen göra ett reportage om hennes pappa som en del i en serie om artister som efter en kort tid i rampljuset med någon slagdänga har blivit totalt bortglömda, men han presenterade i stället sin dotter. Flickan är visserligen tanig och ful, men hon sjunger så gudomligt ljuvligt att till och med pappans banala sånger om kärlek låter äkta. Jag fattade direkt att jag hade hittat en talang. Genom sin dotter vill pappan ta revansch inom branschen.

Jag inser att de förskönade bilderna inte räcker för att ge mig inspiration för ett stämningsfullt reportage om flickan, utan att jag måste lyssna på hennes röst också, och då upptäcker jag att jag har glömt bandspelaren i bilen. När jag kommer till parkeringsplatsen håller tidningens vaktmästare på att städa bilen. En sidoruta har slagits sönder och bandspelaren stulits. Han säger att tjuven sågs försvinna in bland buskarna på andra sidan vägen.

När jag går in i det höga, täta buskaget hörs flickans stämma allt tydligare, där utslitna horor, missbrukare och hemlösa ofta samlas. Jag smyger mig fram, följer sången från bandspelaren och får se hur den lufsige mannen sitta med andra trasiga människor och lyssna på en sång om kärlek. De verkar vara helt betagna av den spröda rösten.

Tid för sex

Fnissande öppnar Linda dörren och undrar retfullt:
– Vem är du då?
– Jag är den hjärtlöse charmören, svarar jag med en föreställt grov röst.
– Vad vill en sådan otäcking då?
– Försök gissa det.
– Låna ett par kondomer, eller?
– Det var nästan rätt.

Linda skrattar och jag omfamnar henne för att dölja att jag känner mig förödmjukad för att hon misstänkte att jag ville åt hennes pengar, så nu tänker jag visa att jag hela tiden bara var ute efter sex. Det får bli min upprättelse.

När jag för första gången mötte Linda på tidningen blev jag genast förälskad i henne. Jag imponerades av hennes starka vilja och framåtanda. Hon blev snart en av de kvinnor som jag träffar regelbundet i väntan på att det ska bli tid för sex. Vi har gått på bio och teater, gjort långa promenader i parker, suttit på kaféer och pratat om allt möjligt, men det är först nu som jag får besöka henne. Därför är jag för en gångs skull klädd i kavaj. Linda har däremot tagit på sig en enkel, blommig klänning som om hon vill visa mig hur naturlig hon är när hon är hemma.

– Du passar perfekt i den klänningen, säger jag uppriktigt.
– Jag fått klänningen av mamma. Hon hade den på sig den första natten hon var tillsammans med pappa, förklarar hon.

Linda visar mig lägenheten som är inredd med ärvda möbler. Den ligger i ett lugnt, attraktivt område i stadens centrum. Även om bostaden bara består av ett litet kök, en trång hall och små två rum, kostar den mer än en ny villa i förorten. I hallen ligger en massa tidningar uppstaplade i ett hörn nästan ända upp till taket. De innehåller texter från hennes olika jobb som reporter.

Vi sätter oss i en nött soffa i vardagsrummet, äter några torra smörgåsar och dricker blaskigt kaffe, medan hon som vanligt pratar om horoskop. Förut tyckte jag om att lyssna på Lindas mjuka röst, men nu känner jag mig uttråkad av att hon pratar hela tiden som om hon är rädd för tystnaden.

Jag har berättat för Linda om min olyckliga barndom, om min förvirrade ungdom och mitt elände som vikarierande journalist. Hon har också fått veta att jag alltid har varit ungkarl, inte har barn eller sjukdomar. Men Linda var misstänksam. Hon kollade mina uppgifter och fick veta att jag har en stor skuld till staten på grund av studier på universitetet och högskolan. Hon förlät mig, eftersom jag teg om skulden för att jag tyckte att den var pinsam, men det förgiftade mina känslor för henne, för hon fick mig att framstå som en bedragare. Jag uppskattar visserligen kvinnor med hög lön och med pengar på banken, men bara för att de har råd att betala för sig själva.

– Jag har kollat ditt horoskop, säger Linda, medan hon dukar av bordet.

– Då vet du ju vad jag är ute efter? undrar jag.

– Ja, absolut! svarar hon och fnittrar.

Linda visar fotografier som om hon tror att sex blir mer njutbart om mannen har kunskaper om hennes förflutna. På några bilder står hon, ung och trotsig, mellan sina föräldrar som redan då var gamla och sjukliga, och bakom dem skymtar deras idylliska hus vid havet. Linda betonar att hon är det enda barnet, så att jag verkligen ska förstå att hon kommer att få ett rejält arv inom rimlig tid.

Jag anar att hon förväntar sig ett svar i kväll, om jag vill fördjupa vårt förhållande. Mig har hon tydligen godkänt. Min främsta fördel är, som hon uttryckte det häromdagen, mitt friska nordiskt blonda utseende.

Några bilder föreställer en stolt Linda med sin före detta fästman. Förlovningen bröts, när hon överraskade honom med en ung kvinna i sovrummet. Han hade förälskat sig i henne på en semester. Hon blev ursinnig och drog skrikande kvinnan i håret ut till trappuppgången. Mannens få prylar kastade hon ut genom ett fönster. När Linda nästa dag kom hem från jobbet var lägenheten länsad. Han hade skänkt allt, till och med hennes dagböcker, till en loppis. Hon blev så chockad och förvirrad att hennes föräldrar tvingades skriva in henne för psykiatrisk vård. Det dröjde nästan tio år innan hon blev intresserad av män igen.

– Den där kvinnan har blivit förälskad i en annan man och vill nu skiljas från min före detta tölp, säger Linda och fnittrar skadeglatt.

Då omfamnar jag Linda och för ner handen under kjolen medan hon smeker mig lite avvaktande och tafatt som om hon vore en blyg, oerfaren tonåring.

– Låt oss ta av oss kläderna, föreslår jag.

– Varför det? undrar hon troskyldigt.

– Tja, annars blir de ju skrynkliga.

Linda svarar med ett skratt.

– Förlåt mig, säger hon. Det var inte illa menat. Det ville också min förre detta tölp för några dagar sedan när han var här, men vi gjorde faktiskt ingenting, det var stendött, och det sa jag till honom och då grät han.

– Det var väl tur för mig, svarar jag och börjar knäppa upp skjortan.

Linda flänger fnissande av sig klänningen medan jag med stigande förvåning betraktar Lindas fysiska förvandling. När hon tar av sig korsetten och bysthållaren sväller kroppen ut till samma form som ett päron: smal där uppe och bred om höften. Det är en skönhet i fysiskt förfall, en kvinna som i åratal har struntat i att motionera och äta sunt.

Linda sätter sig på sängen vid mig och säger ömt:

– Du måste använda kondom, för jag vill vara gift innan jag blir med barn.

Jag häpnar, för en välutbildad kvinna brukar använda smartare knep för att få reda på om en man har seriösa avsikter. Linda väntar en stund på mitt svar, men jag tiger. Då tar hon fram ett stort paket kondomer.

Typiskt Linda att köpa några hundra kondomer på en gång för att få rabatt, tänker jag och tittar med avsmak på de få som finns kvar. Det är den billigaste modellen av grått, tjockt gummi.

– Dessa antika kondomer är gjorda för åsnor, påpekar jag.

– De dög i alla fall åt min före detta tölp, svarar hon. Han hann använda nästan alla innan han svek mig.

Linda lägger sig ned och stirrar som förhäxad på min svullna penis när jag trär på kondomen. Hon ser med ens bräcklig och ängslig ut i sin ömkliga nakenhet. Hon tycks precis som jag plågas av längtan efter fysisk närhet så intensivt att hon har svårt att kunna ta emot och ge den. Hon ligger avvaktande stilla när jag stöter penisen mot skötet, men den är sluten som en mussla.

– Du måste slappna av, säger jag irriterat.

– Det kittlas ju, svarar hon fnissande.

Jag smeker Lindas hängiga bröst och den sladdriga magen för att få henne att slappna av. När jag slickar ner mellan hennes ben möts jag av en unken lukt som får mig att storkna och nysa häftigt.

– Smakar det inte gott? fnittrar hon medan jag kippar efter andan.

Frustrerad för jag Lindas ben så långt bakåt som möjligt och lirkar in penisen centimeter för centimeter in i skötet.

– Åh, så ljuvligt! utbrister hon och klamrar sig fast med armarna och benen om mig med en så våldsam kraft att jag tappar andan, och i nästa ögonblick skälver hon jämrande medan skötet krampaktigt trycker ut penisen, så att kondomen blir kvar i henne.

Jag tar bordslampan och riktar den mellan benen på Linda och fingrar i hennes sköte medan hon betraktar mig slappt och lojt. Efter flera försök lyckas jag pilla ut den slemmiga kondomen.

Jag gör ett nytt försök att fortsätta samlaget men penisen förblir slak.

— Du behöver inte fortsätta för min skull, säger Linda allvarligt och smeker mig tröstande på kinden.

Hämndens ängel

En av redaktionens telefoner fortsätter envist att ringa medan åskan dundrar så kraftigt att fönstren skakar och till slut skriker nattchefen Greta:

– Orkar någon jävel svara?

Alla glor dystert på mig, den ende vikarien i tjänst, så jag famlar efter telefonen.

– Snackar jag med en journalist? frågar en man upphetsat.

– Ja, mumlar jag, trött på alla knepiga typer som ringer på kvällen för att prata bort en massa tid.

– Jag har ett tips som är värt en hel del pengar.

– Okej, låt mig höra, säger jag vänligt, trots att jag har hört samma fras många gånger.

Mannen berättar forcerat om en ung kvinna som erbjuder sexuella tjänster gratis. Hon till och med gör reklam för det på sin hemsida på internet. Han har själv besökt henne några gånger.

– Hon är den knullande samariten! Alla ensamma mäns räddning! utbrister han entusiastiskt. Hon inte bara kallar sig Ängeln utan är det också.

– Jag kan inte lova dig några pengar för tipset, förrän vi har kollat dina uppgifter, svarar jag.

Min erfarenhet säger mig att det är något märkligt med Ängeln. Jag har aldrig känt en kvinna som erbjuder samlag gratis med vilken främling som helst. När jag inte vet vad som är underligt, brukar jag följa min intuition och den säger mig att jag måste kolla henne.

Jag besöker Ängelns hemsida som tipsaren angivit och loggar in med min e-postadress som bekräftas med en kod som öppnar en avdelning för medlemmar. Det är som att kliva rakt in i en sängkammare. Mitt i rummet står en bred säng, där en ung kvinna ligger i en förförisk ställning i ett vitt nattlinne och uppmanar: Jag vill bli din ängel!

Jag mejlar att jag är en ensam ungkarl i djup sexuell nöd som kan besöka henne omgående.

Sedan fortsätter jag att skriva om ovädret som orsakar översvämningar, knäcker träd, sliter upp tak och hotar försena tidningens utgivning. Jag avbryts av ett meddelande i datorn. Det är från Ängeln. Jag förvånas över att hon svarar så snabbt. I mejlet finns hennes adress med en vägbeskrivning.

Ängeln bor längst upp i ett höghus i en sliten, vandaliserad förort av betong och glas, där tristess, desperation och misär frodas bland invandrare, lågavlönade, arbetslösa, alkoholister och ensamstående mammor som har blivit kvar när alla som kunde har flyttat från området.

Jag känner mig nervös när jag ringer på dörren, trots att jag som journalist har kollat konstigare tips än detta, men jag fruktar att det är en fälla för att jag skrivit något kritiskt om någon person. Som reporter har jag skällts ut och hotats av anonyma typer. Det är mamman som öppnar. Hon är klädd i en strikt kjol som om hon vore receptionist på något lyxigt hotell. Jag tvingas ge kvinnan mitt körkort, innan hon släpper in mig. Hon tar av mig jackan och för mig bestämt till ett dunkelt rum.

– Ängeln väntar på dig bakom draperiet, säger mamman och ger mig en uppmuntrande klapp på axeln.

Hon stänger dörren efter mig och där framme i en bred säng ligger den unga kvinnan i en bekväm ställning. Hon påminner verkligen om en ängel i sitt vita nattlinne trots att hon är sjukligt blek och mager. Hennes klarblåa ögon betraktar mig vänligt.

– Jag vill älska dig till evigheten, viskar hon leende och smeker sitt långa, blonda hår.

Jag kan bara känna vämjelse inför situationen, för den är alltför grotesk för att jag ska kunna ta den på allvar: En späd kvinna i ett parfymerat rum, upplyst av några fladdrande stearinljus medan det åskar som om vädrets gudar vredgas över människornas synder.

Jag sätter mig bredvid kvinnan, hon betraktar mig frågande och jag säger:

– Jag vill inte ligga med dig.

– Du är inte någon elak människa? frågar hon.

– Nej, jag vill bara veta varför du vill göra det gratis.

– Det får jag inte säga för mamma.

Jag begriper med ens att kvinnan måste vara mentalt förvirrad och att jag måste anpassa mig till hennes nivå för att få reda på sanningen.

– Du behöver inte vara rädd för mig. Jag är åskans allsmäktiga gud som kommit för att skydda dig mot allt ont, säger jag.

Då börjar Ängeln gråta. Snyftande berättar den unga kvinnan att hon för några år sedan överfölls av ett gäng män. De våldtog, rånade och misshandlade henne medan de skrek att hon var en hora innan de dumpade henne i ett smutsigt dike. Hon var bara en artonåring som drömde om att jobba som barnflicka utomlands.

– Nu hämnas jag på alla sådana elaka människor.

– Genom att ligga med dem? undrar jag.

– Ja, för jag blev sjuk av de elaka männen. De smittade mig. Jag har aids. Läkaren säger att jag kanske har några år kvar att leva.

Hon drar upp nattlinnet och blottar en benig kropp med insjunkna bröst.

– Jag blir allt svagare och tunnare, säger hon lugnt.

I ett svindlande ögonblick ser jag framför mig de stora rubrikerna på tidningens löpsedlar om en ung kvinnas hämnd, för jag inser med en behaglig rysning att jag har ramlat på en gripande berättelse som garanterat säljer extra lösnummer och ger mig fast anställning på tidningen. Till och med chefredaktören kommer att berömma mig. Det är jag övertygad om.

Jag nynnar en visa för Ängeln som somnar snyftande, hopkrupen som ett barn med en kudde tryckt mot sin kind. I hallen väntar mamman på mig, hon räcker mig leende min jacka.

– För resten, hur många kunder har din dotter haft?

– Du är i alla fall inte det första besöket.

Febrig återvänder jag till tidningen. Den tjocka nattchefen Greta sitter som vanligt med benen utsträckta på sitt bord och smaskar på kladdig, hemmagjord kola.

– Jag har ett scoop på gång, säger jag.

Greta stoppar tigande ännu en kola i munnen. Jag berättar om mitt möte med kvinnan, medan hon lyssnar till synes likgiltig. Hon har förmodligen upplevt allt som journalist och längtar nu bara efter en förtida pension för att kunna skriva en bok om intrigerna på tidningen. Det enda som skulle kunna chocka den trötta men skrikiga nattchefen vore att någon stal hennes kola.

– Tänk dig själv löpet, Hämndens ängel! säger jag begeistrat.

– Det låter intressant, säger Greta med plötslig iver. Men du får inte göra jobbet, det är inget för en vikarie. Det är ett känsligt jobb, förstår du. Det är lätt att skada de inblandade.

– Är du galen! Det är min grej! skriker jag.

– Nej, här tänker vi kollektivt, som ett team, säger hon. Det är helheten som räknas.

Jag känner mig illamående av nattchefens hyckleri. På tidningen finns inget samarbete, utan de flesta journalister tycks vara beredda på att sälja sig till djävulen bara för att få sin nyhet på löpet.

– Om du är så taskig mot mig slutar jag att umgås med din dotter, hotar jag.

– Det finns gott om idioter som vill ha min efterblivna dotter, säger hon skrattande.

– Var hygglig för en gång skull, ge mig den här chansen, vädjar jag men hon viftar med handen att jag ska avlägsna mig.

Greta ringer till en rutinerad reporter och berättar om Ängeln som om det vore hennes uppslag och jag rusar ursinnig till mitt skrivbord.

Jag dödar hellre mitt scoop än låter någon annan ta det, tänker jag och mejlar till Ängeln, att tidningen har fått nys om henne och att hon därför måste förneka att hon sprider en farlig sjukdom och stänga sin hemsida.

Svaret kommer nästan direkt. Det är Ängelns mamma. Hon skriver: Det är slut nu ändå, min dotter har tagits akut in på sjukhuset. Efter ditt besök fick hon svårt att andas som om hon inte vill leva längre. Hon yrade något om att åskguden har förlåtit henne. Jag tror att hon äntligen har fått frid.

Riddaren och draken

Telefonen ringer. Det är bokförsäljaren Vera. Det förvånar mig inte trots att jag nyligen hotade och förolämpade henne för att hon har övertalat min mamma att ge henne mitt nya, hemliga telefonnummer. Jag har flera gånger förklarat att jag är sjukligt trött på hennes argument. Ändå fortsätter hon att förfölja mig likt en parasit.

– Jag vill inte köpa fler böcker av dig! skriker jag i telefon. Du har lurat på mig för mycket skräp!

– Kära nån! utropar Vera. Snabba svar är ingen vanlig bok, det är en dator som används tillsammans med en bok. Den kommer att ge dig mycket glädje, eftersom du som journalist behöver snabba svar.

– I så fall köper jag den i bokhandeln, säger jag avvärjande. Jag vill numera se det jag köper.

– Men jag kommer gärna till dig och visar boken, föreslår Vera snabbt som om hon väntat sig det svaret.

– Nja, jag vet inte, säger jag. Jag har inte städat lägenheten.

– Åh, så barnslig du är! utropar hon.

– Det är sant, det är dammigt och överallt ligger smutsiga kalsonger och strumpor, förklarar jag ärligt.

– Det gör inget. Jag har upplevt det mesta under de åren som jag har sålt böcker.

Det blir till slut som Vera vill trots att jag känner stark motvilja mot att träffa henne, men under samtalet förstod jag att det är bäst att hon besöker mig. Hemma hos mig kan jag behandla henne på ett sådant sätt att hon förhoppningsvis stryker mitt namn ur sitt kundregister. Det vore enklare att stänga av telefonen, men som journalist behöver jag den lika mycket som en försäljare.

Jag sätter mig i en fåtölj, tänder en cigarrett och funderar på hur jag ska bemöta Vera och inser då att det enda jag egentligen vet om henne är att hon säljer böcker. Alla våra samtal har gått genom telefon och har handlat om den ena fantastiska boken efter den andra. Under årens lopp har hon övertalat mig att köpa allt från fjärilarnas vandringar till ryska kakrecept. I början köpte jag böcker av Vera för att jag behövde dem, sedan för att hon skulle låta mig vara i fred ett tag men nu är jag bara desperat. Jag har visserligen returnerat många böcker men det har kostat mig för mycket tid och pengar.

Plötsligt erinrar jag mig en visa som jag skrev för länge sedan. Den heter Riddaren och draken. Riddaren blottar sig för en ond men pryd drake som äter prinsessor. Draken blir så förskräckt att den flyr och riddaren kan rädda prinsessan. Jag beslutar att låtsas att jag är den ädle riddaren och Vera den onda draken och prinsessan, som jag vill rädda, är mina pengar. Jag tänker helt enkelt blotta mig för henne.

Vera kommer exakt på den tid vi har kommit överens om. Jag är endast klädd i badrock och hon säger fnissande:

– Jag hoppas att du har rena kalsonger på dig.

Sedan går Vera omkring i min lägenhet och betraktar mina prylar som om de ska ge henne nya argument för att sälja fler böcker till mig. Överallt i lägenheten har jag lagt ut smutsiga kalsonger, kvarglömda behåar och färgglada kondomer. Från videoapparaten hörs lustfyllda stön från en porrfilm, men hon tycks strunta i det.

– Här ser det ut som ett bibliotek, tycker hon.

– Det är ett bibliotek, svarar jag.

– Jaså, du är en sådan där inbiten bokmal.

– Nej, över hälften av alla dessa böcker har du övertalat mig att köpa, svarar jag och gör en uppgiven gest mot hyllorna som täcker tre väggar nästan ända upp till taket i finrummet.

Vera är vackrare än jag har kunnat föreställa mig. Hon ser pigg och fräsch ut som en tonåring trots att hon är i fyrtioårsål-

42

dern. Hennes bruna, lockiga hår hänger ner över hennes runda axlar och upproriska bröst och kjolen smiter åt om hennes smärta figur. Runda glasögon ger henne en seriös och intellektuell utstrålning.

Jag misstänker att hon har gjort sig vacker för att hon skulle träffa mig. Många kvinnor är medvetna om att kvinnlig fägring kan få de tuffaste karlarna att bli snälla, lydiga och dumma.

Jag sätter mig mitt emot Vera och hon placerar boken på bordet. Den är tjock som en bibel. Hon förklarar hur bra boken är för mig som ungkarl, journalist och akademiker. Hon använder skamlöst alla sina kunskaper om mig för att argumentera för boken.

– Boken kommer att revolutionera ditt skrivande. Den kan fördjupa din journalistiska nyfikenhet på livets alla skiftningar ...

– Förlåt, avbryter jag. Men finns alla ord i den?

– Precis alla! svarar hon tveklöst.

– Då kan vi kolla ordet blottare.

Vera tycks tveka som om hon anar oråd, men sedan trycker hon in ordet på en liten display på bokens framsida och några sekunder senare visar den på vilken sida ordet blottare finns. Hon bläddrar fram det snabbt som en religiös fanatiker i en bibel. Med belåten min visar hon allt det som står om blottare.

Sedan öppnar Vera sin portfölj och tar fram ett kontrakt. Hon utgår från att jag ska köpa boken, men på avbetalning, för den är dyr på grund av den lilla datorn. Men jag har ingen tanke på att köpa den, för jag äger redan en riktig dator och har för många ordböcker.

I det ögonblicket inser jag att det är dags för riddaren att gå till attack. Vrålande ställer jag mig upp, sliter upp badrocken och visar Vera min nakna kropp som om hon vore draken i min visa.

Omedelbart utstöter Vera ett förfärligt gällt tjut så att jag förskräckt ryggar tillbaka. Min attack har fått ett annat resultat än planerat. Jag förväntade mig att hon genast skulle rusa ut ur lägenheten och därmed ut ur mitt liv för alltid.

– Du har bara sett min nakna kropp, det har ingen kvinna dött av hittills, försöker jag tafatt lugna henne.

Men Vera svarar med att gråta gällt med förnyad kraft och det gör mig nervös. Mina grannar har sannolikt hört hennes hemska skrik och trycker nu sina öron mot väggar och golv för att få höra mer. Om de får för sig att jag håller på att plåga en kvinna kan de ringa efter polisen. Jag måste få henne att sluta gråta.

– Förlåt mig, vädjar jag. Jag köper boken om du blir glad igen.

Snyftande tar Vera fram en näsduk och snyter sig ljudligt medan jag med en darrande hand skriver på kontraktet.

Tigande går vi ut i hallen. När jag hjälper Vera att få på sig kappan skymtar jag ett hastigt leende som gör mig orolig. Jag kollar kontraktet och där står det att jag har beställt ett uppslagsverk som består av fyra tjocka böcker.

I känslornas våld

Karin ser vackrare ut än någonsin, när hon leende omfamnar mig och jag märker omedelbart att hon har ägglossning, för hon rodnar, ryser vid beröring och känns varmare och mjukare än vanligt.

– Har du hittat min nalle? undrar hon och stiger in i min lägenhet.

– Den finns någonstans i sovrummet, svarar jag för att förlänga hennes besök.

Hon rotar i en byrå, vänder upp och ner på kuddar och får syn på nallen under sängen. Jag betraktar andäktigt hennes breda men fasta stjärt och kraftiga ben när hon böjer sig ner för att ta nallen.

Gör nu ett försök, tänker jag. Du har inget annat att förlora än din stolthet.

– Karin, klä av dig!

– Var inte så hård, svarar hon.

– Jag är bara nervös.

Hon drar av sig kjolen i ett svep och slinker graciöst ur trosan.

– Ska jag ta av mig behån också?

– Ja, precis allt, svarar jag trots att jag vet att Karin har komplex över sina stora bröst, men jag tycker om att se och smeka dem. Jag känner mig starkare och mår bättre av att ha den vitala artonåringen i min famn. Det verkar som om hennes livsglädje ger mig energi.

Hon döljer brösten med sitt tjocka, blonda hår när hon tar av sig behån.

– Tycker du att jag är vacker? undrar hon.

– Du ser ut som ett konstverk, säger jag uppriktigt.

Mobiltelefonen ringer. Det är en ung man som har skjutsat Karin till mig, han väntar i bilen och vill att hon ska skynda sig så att de kan komma i tid till en fest.

Jag passar på att smita in på toaletten för att försöka återfå fattningen. Jag känner mig förvirrad av att jag så febrigt vill få ett barn med Karin. Hon tycks i alla fall strunta i om hon blir gravid eller inte. Huvudsaken verkar vara att det händer något radikalt i hennes kaotiska liv.

Det förvånar mig inte att Karin vill ha barn med mig trots att jag varken kan erbjuda trygghet eller lojalitet, för kvinnor tycks drabbas lättare och djupare än män av den driften som kan bli starkare än sexualiteten. Det verkar som om den kan gripa tag i alla sinnen så intensivt att den vrider ut förnuftet som vatten ur en trasa, så att bara ett virrvarr av känslor återstår.

Jag ville förföra Karin redan vid vårt första möte men det dröjde några veckor innan jag fick en första chans till det. Hon flörtade lekfullt med mig på en fest hos sin mamma men avvisade hela tiden mina sexuella inviter tills jag somnade berusad i hennes säng. Efter någon timme väckte hon mig och undrade försynt: Vill du fortfarande ha mig? Jag svarade med att genast slita upp hennes kjol för att i nästa ögonblick trycka penisen mot skötet men hennes hand var i vägen. Du måste ta bort handen, annars kommer jag ju inte in i dig, sade jag och hon svarade: Tar du hand om mig om jag blir med barn? Då dök hennes mamma upp i rummet och jag blev alldeles förskräckt, för jag förväntade mig att hon skulle tro att jag höll på att våldta hennes dotter, men i stället sade hon lugnt: Hon är ditt problem nu.

Karin blev arg och stack. Sedan dess bor hon hos kompisar och hankar sig fram på tillfälliga jobb. Mamman var nog lättad över att dottern flyttade hemifrån, för hon hade blivit allt mer stökig och bångstyrig.

Jag träffade Karin i all hast några gånger i centrum innan hon åter låg i min famn, och hon sade: Du måste vara rädd om mig. Jag svarade: Jag kan använda kondom. Då gav hon mig en örfil och lämnade tigande lägenheten.

När jag återvänder till sovrummet, håller Karin på att dansa som om hon vill försäkra sig om att äggen ska lossna. Hon omfamnar mig med ett hav av mjukhet som vibrerar av den gåtfulla kvinnlighet som uppfyller mig med visshet om att livet trots allt har en mening.

– Tror du på kärleken? frågar hon.

– Självklart, svarar jag reflexmässigt. Du är ett bevis på att kärleken existerar.

Hon lägger sig på alla fyra i sängen som om hon instinktivt vet att just i den ställningen får skötets doft bättre möjlighet att stiga upp i min näsa och förstärka driften att befrukta henne. Jag förnimmer egentligen inte doften, men min hjärna registrerar den, så att en varm känsla pulserar smekande inom mig som vågor mot en mjuk strand.

Febrigt darrande griper jag tag i hennes perfekt rundade stjärt och hon undrar ängsligt:

– Du stoppar väl in din grej i rätt hål nu?

– Jag har aldrig missat, svarar jag och trycker otåligt in den värkande penisen in i hennes varma, slemmiga sköte som tycks suga sig fast om lemmen.

Det handlar inte längre om sex, utan om driften att föra mina gener vidare. Den greppar så våldsamt tag i mig att jag kippar efter andan. Det känns som om driften brottas med mitt förnuft, oftast i överläge. Driften viskar: Var stolt över att denna unga, friska kvinna har valt dig att befrukta henne, för hon kan ge dig ett välskapat barn. Och förnuftet kontrar: Du har varken tid eller råd att ha något barn. Dessutom är du alldeles för gammal för henne. De få gånger som den driften har besegrat mitt förnuft har slutat med missfall eller abort.

– Mamma, nu blir jag med barn! utropar Karin och kröker ryggen som en katt som sätter klorna i en matta, när jag helt fixerad vid hennes svullna blygdläppar juckar allt intensivare och hårdare.

47

Karin fnittrar nervöst, när jag skrikande tömmer sperma djupt i skötet och hon låter mig hålla kvar henne en stund i greppet för att ge så många spermier som möjligt chans att simma längre in i livmodern.

Jag känner ingen ånger, trots att jag knappt vet något om Karins drömmar och förväntningar på livet, men på något märkligt vis känns det som om jag alltid har känt henne. Förut anklagade jag mig själv för att vara en idiot varje gång driften besegrade mitt förnuft, men nu känner jag för första gången en djup befrielse över att jag åter har tagit detta steg även om jag är övertygad om att det är mina känslor för Karin som får mig att tänka så.

– Vi är som skapta för varandra, säger Karin när hon sätter sig upp och betraktar mig eftertänksamt en stund, där jag ligger svettig och andfådd. Sedan slinker hon fnittrande in på toaletten för att duscha sig.

Jag får syn på Karins mobiltelefon, jag slår det senaste numret som går till den väntande killen.

– Jag vill bara tala om för dig att jag har legat med Karin, säger jag i förhoppning att han ska bli arg och köra i väg, så att Karin måste sova över hos mig.

– Vi är faktiskt bara vänner, säger han. Jag ska följa med henne till en fest för att träffa några snygga tjejer.

– Tror du att jag har någon chans hos henne?

– Hon gillar dig i alla fall, för du fick ju ligga med henne trots att hon föredrar tjejer.

När Karin återvänder till sovrummet, ger hon mig en kram och försvinner lika fräsch och ljuvlig som hon kom men nallen har hon lämnat kvar, prydligt placerad på sängen mellan två kuddar.

Samtal med döden

Förvirrad stirrar jag mot fönstret, för en ruggigt kall vind har väckt mig trots att det är stängt. Jag tänder en lampa, lufsar till toaletten, återvänder till sovrummet och röker en stund. Det är en märklig natt, för jag känner varken leda eller plåga längre, även om jag fortfarande mår illa och är deprimerad. Jag är fullständigt lugn och likgiltig som om jag godtagit mina misslyckanden som något oundvikligt.

Plötsligt hörs en mjuk, kvinnlig stämma:

– Jag vill tala med dig.

Jag inser omedelbart att jag drömmer igen, för i verkligheten kan ingen vara osynlig. I min lägenhet finns bara jag.

– Nej, jag är upptagen, försöker jag.

Ändå verkar allt vara verkligt: Cigarretten smakade som äkta tobak och det kändes befriande att pissa. Men jag har haft många konstiga drömmar under mina kriser de senaste åren. Därför vet jag att jag är på väg att bli frisk, när jag åter kan skilja mellan dröm och verklighet precis som nu.

– Jag har något att berätta för dig, upprepar rösten.

– Nej, jag ska sova nu, svarar jag.

Jag har vänner som också regelbundet får kriser som kommer och går likt influensan. Under den kritiska situationen har tre av dem begått självmord, flera har blivit psykiskt förvirrade och några djupt religiösa. Men de flesta har lärt sig hantera sina depressioner, ett tillstånd som uppenbarligen kan drabba vem som helst. Jag däremot söker ännu en lösning som åtminstone ska lindra mina kriser som antagligen har sitt ursprung i min rädsla för förgängelsen.

Krisen utlöstes av en konflikt med Linda som med en lögn

tvingade mig att lämna mitt vikariat på tidningen i förtid. Hon gick omkring och pratade förklenande om mig som älskare och till slut svarade jag ärligt att det berodde på att hennes sköte stank som en kloak. Då anklagade hon mig för sexuella trakasserier och tidningens chefredaktör var tvungen att tro på henne, eftersom hon är en av tidningens bästa reportrar.

Det fick mig att börja grubbla över mina andra misslyckanden som journalist, akademiker och musiker. Detta blev till slut som en lavin. Den for rakt igenom min torftiga barndom ända in i min sista, förnedrande dag på tidningen då en annan vikarie tog över mitt skrivbord och min dator, och slutligen sade jag uppgivet: Du är född förlorare. Det spelar ingen roll vad du gör och hur mycket du än kämpar, för du kommer aldrig att bli en vinnare. Då var krisen ett faktum och jag sjönk in i ett slags dvala.

Sömnen blev det enda meningsfulla. Den blev en flykt från verklighetens bekymmer, orättvisor och lögner. Den sömnen påminner mig om en karusell som snurrar allt snabbare tills allt tycks stå helt stilla och då börjar jag långsamt svävande försvinna in i ett befriande töcken där allt upphör att existera och att vara viktigt.

Under krisen har jag konfronterats med den ena märkliga drömmen efter den andra. Jag har besökt olika slags saliga tillstånd. Det är som om en röst vill övertyga mig om att de är bättre än verkligheten, så att jag ska stanna kvar i deras värld och därmed bli tokig eller begå självmord.

Jag sätter mig upp i sängen, tänder en cigarrett och beslutar mig för att samtala med rösten för att komma ut ur drömmen.

– Vem är du? frågar jag.

– Människorna kallar mig döden, men jag är friheten, svarar rösten.

– Snälla röst, friheten är bara till för de rika!

– Nej, i min frihet existerar inga pengar, ingen makt eller annat ont som finns i livet. Det är livet som är fängelset.

Journalisten i mig vaknar, jag inser att jag har tillfälle att få dödens beskrivning av sig själv. En gång skrev jag ett reportage om döden. Under arbetets gång fann jag olika beskrivningar på hur den ser ut. De flesta framställde den som ett befriande rus i ett bländande ljus. Några tyckte att den var som ett skoningslöst monster.

– Är det riktigt att du ser ut som ett benrangel, bär en svart slöja och viftar med en lie? frågar jag.

– Jag är sådan som man ser mig, svarar rösten.

– Ge mig ett konkret svar!

– Du är blind så länge du kan se.

Jag nickar instämmande, för svaret verkar logiskt. Rösten förefaller finnas överallt i sovrummet men jag kan inte se den, eftersom jag har ögonen öppna.

– Okej, då blundar jag, så att du kan visa dig.

Då uppenbarar hon sig, mina drömmars kvinna som jag sökt i den ena kvinnan efter den andra.

– Är det verkligen du som är döden? undrar jag, förbluffad över hennes tidlösa skönhet.

– Jag är din kärlek, din frihet och ditt mål, svarar hon milt och räcker ut sin hand mot mig men jag tvekar räddhågat.

Hon har inget bestämt utseende, jag anar bara att hon har långt, lent hår som glittrar som en fuktig gryning och stora, vidöppna ögon som har sett all ondska men ändå är beredda att förlåta allt. Jag skulle kunna uppge min självständighet bara för att få leva med en sådan kvinna. Jag har skymtat henne några gånger i verkligheten, men hon har alltid sluppit undan mig i sista stund som om hon har anat att jag är ett hopplöst fall.

– Följ med mig nu till den frihet som du önskar dig, uppmanar hon än en gång för att övertyga mig att ta det sista, stora steget in i det okända.

Men ju mer kvinnan berättar om det andra livet, desto oroligare blir jag. Det är antagligen min självbevarelsedrift som protesterar för att jag gillar det jag hör. Det låter lockande att slippa det som plågar mig: konkurrens om jobben, rädsla för sjukdomar

51

och ensamhet, dålig ekonomi och hotet om något slags global katastrof. Jag behöver bara dö för att komma till ett tillstånd, där ingen kan utnyttja eller göra mig illa. Samtidigt säger självbevarelsedriften mig att min kropp är för ung och frisk för att dö och jag känner instinktivt att jag skulle sakna livets njutningar trots att det ofta kostar mycket smärta att få uppleva dem.

– Jag har bara en fråga till, säger jag. Vad är det för mening med att leva, om livet är så hemskt jämfört med döden?

I det ögonblicket ringer telefonen. Det är förmiddag. Solen skiner in i sovrummet och bländar mig en stund. Jag tar tvekande telefonluren, för jag fruktar att jag fortfarande drömmer och att det är rösten som ringer för att ge mig det avgörande svaret på den stora, eviga frågan: Varför lever vi? Men det är Linda, som gjorde mig arbetslös för att hon ansåg att jag förtalade henne.

– Jag tror att jag har glömt mina kondomer hos dig, säger hon. Kan du kolla om de ligger i kylskåpet?

Antagligen vill Linda förnedra mig en sista gång, eftersom hon med kondomerna antyder att jag bara är en parentes i hennes liv och att hon redan funnit en ny älskare, men nu kan jag inte känna någon bitterhet längre, utan bara tacksamhet över att hon väckte mig i sista stund.

– Jag vet inte om jag har dina kondomer, säger jag. Men jag köper nya, lyxiga åt dig, för du har räddat mitt liv.

– Jaså, du ville begå självmord för min skull?

– Nej, döden höll på att lura mig med ett billigt knep, svarar jag uppriktigt.

– Sluta larva dig och skicka kondomerna genast! Jag behöver dem, säger hon och lägger på luren.

Utmattad sträcker jag ut mig i sängen och njuter av att solen smeker min nakna, svettiga kropp. Jag har pissat på mig men jag kan bara skratta åt det, för jag känner mig så barnsligt lycklig över att jag fortfarande lever.

Stön, svett och smärta

Maja sjunger vrålande en av sina dystra visor om sorg, svek och ensamhet medan hon energiskt spelar gitarr. Det gör hon med en stirrande blick på mig som sitter i soffan på andra sidan av bordet och funderar på hur jag ska få henne att lämna lägenheten utan att ställa till med en scen. Hon kan hysteriskt börja gråta om hon känner sig kränkt.

Jag förbannar mig själv för att jag bjöd hem Maja till mig innan jag tog reda på hur hon ser ut nu för tiden. Hon är visserligen musikaliskt begåvad men hon ser grotesk ut med sina plufsiga kinder, sin enorma stjärt och sina stora, hängiga bröst. Det är bara hennes gröna ögon och blonda, långa hår som påminner mig om den forna skönhet som jag en gång förälskat kysst.

Hon anslår det sista ackordet med en yvig gest och ler sedan förväntansfullt mot mig.

– Nå, tyckte du om låten?

– Den var förbaskat bra, svarar jag uppriktigt.

– Jag har skrivit den alldeles själv, påpekar hon och mumsar i sig ytterligare en kaka i ett nafs.

Sedan sätter hon sig bredvid mig och jag ryggar förskräckt tillbaka, för soffan sjunker ihop i mitten av hennes vikt. Jag uppskattar att hon väger minst åttio kilo. Dessutom har hon blivit klumpig, uppgiven och flåsig. När jag lärde känna Maja var hon en atletisk, sund kvinna som dansade jazzbalett och sjöng i en kör och drömde om ett liv som artist, men i stället flyttade hon ihop med en tölp.

Hon doftar ljudligt på rosorna.

– Jag trodde faktiskt att du ville träffa mig igen bara för att du ville ligga med mig, säger hon rakt på sak.

– Nej, jag ville bara höra hur långt du har utvecklats som musiker, svarar jag. Jag inser nu att jag inte har något mer att lära dig.

När jag i eftermiddags ringde till Maja för att förmå henne att besöka mig var jag desperat. Jag kände mig ensam och kåt efter en depression. Jag ringde några kvinnor som kommer och går i mitt liv utan krav och frågor, men ingen av dem hade tid för mig. Då kom jag plötsligt ihåg Maja som jag lärde de första ackorden på gitarren. Hon var ljuvligt söt men redan efter några månader tröttnade jag på henne som unga män kan göra när de kan välja och vraka bland kvinnor.

Med hjälp av smicker och lögner lyckades jag övertala Maja att besöka mig i kväll. Jag sade att det var ett misstag att lämna en talang som hon och att jag ville kolla om jag kunde lära henne fler ackord.

Plötsligt känner jag Majas feta, varma fot smeka min. Jag flyttar min fot, men hennes följer trevande efter min likt en blodigel. Jag börjar svettas av nervositet och fruktar att hon när som helst ska omfamna mig.

– Oj, det höll jag på att glömma, säger jag och reser mig upp. Vi måste ha något gott att dricka.

I köket tömmer jag ett glas konjak i ett svep för att lugna ner mig. Sedan dukar jag fram läsk och fler kakor, men det blir inga tända stearinljus och inget vin som planerat, för sådana detaljer gör Maja känslomässig och sentimental. För säkerhets skull sätter jag mig på andra sidan av bordet.

– Så du jobbar som journalist numera, säger hon mumsande på en kaka.

– Ja, och du själv då?

– Jag sliter som sjukvårdare, säger hon och tar en ny kaka. Men jag är sjukskriven på grund av smärtor i ryggen.

Maja berättar uppriktigt om sitt liv som om det vore en refräng i en av hennes sånger. Det handlar om två missfall, om skulder och om en före detta sambo som misshandlade och utnyttjade henne tills han lämnade henne pank och sjuk. Nu lever hon ensam med en katt i en liten lägenhet i en förort och har förlorat hoppet om ett bättre liv.

Men hon känner ingen bitterhet över sitt öde att tillhöra de många som aldrig har fått förverkliga sina drömmar trots begåvning och flit, för hon är övertygad om att hennes sånger ska överleva som folkvisor.

– Jag började faktiskt tröstäta när du lämnade mig, säger hon. Det var då jag började bli större.

Ni kvinnor är experter på att ge män dåligt samvete, tänker jag och svarar:

– Man mognar genom svårigheter. Det har åtminstone jag gjort.

– Det stämmer. Jag skäms inte längre över mig själv, jag är hellre mullig och nöjd än smal och illamående.

Jag känner mig alltmer berusad och min motvilja mot Majas fetma försvinner i ett lindrande töcken, så att jag åter plågas av kåthet. I det tillståndet spelar det ingen roll för mig om en kvinna är ful, dum eller tråkig.

Det kvittar väl att Maja påminner om en brottare, resonerar jag för mig själv, när jag hämtar fler kakor i köket. Hon är ju trots allt en kvinna och det är vad jag nu behöver. I morgon säger jag farväl till henne för alltid.

Maja sträcker ut sina armar och gäspar ljudligt och undrar:

– Har du någon idé om vad vi ska göra nu?

– Låt oss avsluta lektionen som förr i tiden.

– Det kan vi väl göra, säger hon.

Maja går in på toaletten och jag passar på att tömma ytterligare ett glas konjak. Hon hojtar att hon är redo för mig i sovrummet. Där ligger hon tyst under täcket som häver sig upp och ner av hennes flåsiga andning. Hon omfamnar mig suckande och jag försöker direkt trycka in penisen i skötet, men hon för bryskt bort den och säger:

– Jag vill kramas och pussas först.

Varför måste kvinnor alltid krångla när man som bäst behöver dem? tänker jag.

Jag döljer min besvikelse genom att besvara Majas sugande kyssar och smeka hennes hängiga bröst i hopp om att hon snabbt ska bli redo för samlag. Hon knådar mig hårdhänt som en bonde som undersöker kreatur medan jag smeker skötet så att det blir plaskande vått som solvarm gyttja.

Plötsligt tappar jag totalt lusten att fortsätta. Jag känner mig bara hopplöst uppgiven av situationen och sätter mig upp på sängen.

– Har jag gjort något fel? undrar hon.

– Nej, jag är bara trött, svarar jag undvikande.

– Vi kan väl bara smeka varandra?

– Nej, jag tycker att du ska åka hem, jag vill sova.

I några ögonblick är tystnaden total medan Maja stirrar mot taket.

– Det här var inte alls bra, säger hon och börjar gråta.

Jag vänder mig om för att sova. Avlägset hörs slamret från en sopbil och Majas snyftningar när hon klär på sig för att gå.

Precis som vanligt

Jag stiger in i frisör Eriks salong. Han är som vanligt upptagen av en kund men han ser mig via en stor spegel.

– Du är väntad, säger han.

Jag sätter mig i en fåtölj i ett hörn, tar en tidning och börjar förstrött läsa det senaste skvallret om kändisar.

Hos Erik känner jag mig trygg och välkommen. Utanför pulserar stadens jäkt, larm och ångest men här är allt precis som vanligt: lugnt, behagligt och nästan tidlöst. Hans salong är en av mina oaser. Den besöker jag en gång varje årstid. Nu är det början på hösten och jag är arbetslös igen och ska åter studera tyska på universitetet och försöka försörja mig som frilans, men innan dess vill jag få mitt hår klippt. Under sommaren har det blivit för långt och slitet.

Erik klipper färdigt kunden och gör strax därefter en inbjudande gest mot mig och säger:

– Var så god!

– Jag tackar, svarar jag och sätter mig i en stol framför den stora spegeln.

– Hur vill du ha det klippt?

– Precis som vanligt, tack!

– Putsning och korta luggen, nacken och sidorna med så där två, tre centimeter.

Jag nickar jakande och Erik börjar klippa och samtidigt prata om mig. Han känner mig bättre än min mamma, men jag vet nästan ingenting om honom trots att jag uppfattar honom som en vän. Jag vet bara att han började som elev i den här salongen för omkring trettio år sedan och att han övertog den när den förre ägaren pensionerades. Ändå verkar det som om jag känner honom väl. Det är nog hans kunskaper om mig som ger mig det intrycket. Erik är expert på sina kunder och jag litar på att han aldrig kommer att missbruka mitt förtroende för honom.

– I somras hade jag ett vikariat som redigerare och reporter och blev förälskad i fel kvinna, säger jag.

Hela tiden iakttar jag saxen. Jag fruktar att Erik en dag av misstag ska klippa av för mycket hår, dels har han blivit tankspridd, dels pratar han numera jämt om att kort hår är praktiskt, modernt och snyggt. Ibland verkar det som om han längtar efter att få snagga mig.

– I somras klippte jag en punkare, säger han.

– Jaså, klipper du trendisar också?

Trendis är min benämning på en människa som följer nya stilar lika troget som en dresserad hund lyder sin stränga ägare.

– Ja visst, svarar han leende. Men punken är ett självständigt val, en punkare följer bara sina åsikter och sin stil och struntar i vad andra tycker om det. Det sa i alla fall han som var här.

– Då är jag punkare, svarar jag. Jag har ju långt hår trots att det nu för tiden är antikt.

Han fnittrar och jag hoppas att han förstår budskapet i mitt svar: Sluta att försöka övertala mig att ändra min frisyr.

– Nåja, säger han. Den här punkaren ville emellertid att jag skulle ta bort allt hår utom en liten rand mitt på hjässan. Det skulle föreställa uppror mot samhället. En mycket praktisk frisyr, eller hur? Men några veckor senare kom han tillbaka och ville ta bort resten också, för han tyckte att den blonda remsan såg löjlig ut på det solbrända huvudet, men det såg faktiskt löjligare ut efteråt, för under håret var huden blek.

– Ja, det är knepigt att följa en stil som utgår från att man ska vara sig själv, avbryter jag för att han ska prata om något annat än kort hår.

Jag tittar förstrött på varorna som står prydligt uppställda på ett avlångt bord framför mig. Där finns som vanligt rakhyvlar, kondomer, schampo och rakvatten till salu och varorna blir regelbundet dyrare. Men Erik och hans salong är i exakt samma skick sedan mitt förra besök.

Förändringarna märks genast just för att de är sällsynta. Förra året åstadkom han två radikala saker: Han skaffade sig en mustasch och lät montera lampor på var sida om den stora spegeln. Från den kommer ett mysigt dämpat ljus.

En ny kund stiger in och sätter sig att vänta. Det är normalt att Erik är upptagen med en kund, när jag kommer och att en kund stiger in, när han klipper mig. Kunderna dyker upp i en jämn ström, ofta för tidigt för att hinna koppla av en stund med en kopp kaffe och med en tidning före klippningen.

Det är detta jag funderar på när Erik gör det jag förbjudit honom: Han klipper för mycket. Jag blir förskräckt och han rodnar generat och försöker genast reparera skadan. Han klipper också den andra sidan kortare och blir därmed tvungen att även korta luggen och håret i nacken. På så sätt återställer han min frisyr men i en betydligt kortare modell.

— Ja, så är det klart då, säger Erik och placerar en liten spegel bakom min nacke och frågar vanemässigt:

— Är det lagom eller vill du ha det kortare?

Erik fnittrar generat, när han förstår att han har försagt sig i all hast.

Jag ställer mig upp och han borstar bort hår från mina axlar och min rygg. Jag köper schampo, rakvatten och en kam. Det är mitt diskreta sätt att ge honom dricks. Jag är visserligen besviken, men jag anser att man ska kunna tillåta en skicklig och trevlig frisör att någon gång begå ett misstag.

— Då ses vi strax före jul igen, säger han prövande.

— Visst, svarar jag och återvänder till den föränderliga världen utanför Eriks salong.

Men Erik anar nog att jag återkommer tidigast nästa år på våren, för i jul är mitt hår precis som vanligt — utan klippning.

Sierskans spådom

Den gamla sierskan stirrar koncentrerat på virvlande rök i en glaskula medan jag på andra sidan av bordet väntar otåligt på att hon ska ge mig upplysningar om min framtid. Detta är den tredje sierskan jag besöker på kort tid. Till skillnad från de andra ser den här gumman ut som om hon vore från medeltiden. Hon har knutit ett svart band om sitt gråa, långa hår och bär en yvig, färggrann kjol. De andra var däremot modernt klädda och använde datorer.

– Röken säger att ni kommer att bli kär, mumlar hon.

– Det blir jag några gånger varje år, svarar jag.

– Den här gången är det på allvar. Ni kommer att få ett välskapt barn.

– Den förra spåkvinnan sa att jag skulle få tre barn, påpekar jag spydigt.

– Då har hon misstagit sig, säger sierskan lugnt.

Sierskan fick sitt genombrott när hon spådde att en lokal facklig pamp skulle mördas, om han valde att delta i en konferens utomlands. Han avfärdade sierskans varningar men berättade om spådomen för sin fru. Några dagar senare slogs han ihjäl av några rånare efter att ha lurats i bakhåll av en ung kvinna som utlovat sex medan hans hustru sov på deras hotellrum i närheten. Nu köar folk för att låta henne tolka deras framtid med hjälp av den vita röken.

– Jag vill bara veta vad som kommer att hända mig från och med nu och några månader framåt.

– Det kostar dubbelt så mycket, säger hon. Det krävs mer koncentration att spå en nära framtid.

– Jag betalar, svarar jag irriterat. Sätt i gång!

Jag vill veta om jag ska fortsätta att satsa på att studera för att så småningom kunna byta yrke, för jag längtar allt mer efter att kunna planera min framtid och för det krävs en regelbunden inkomst. Därför är det bättre att vara en anställd lärare än en ständigt vikarierande journalist, även om jag finner att journalistiken är ett kreativt och omväxlande yrke, resonerar jag.

Jag längtar också för första gången i mitt liv efter en vanlig, kärleksfull relation. Flyktiga förälskelser är uppfriskande men i längden efterlämnar de en allt smärtsammare tomhet. Därför vill jag få reda på om det finns hopp om att hitta en kvinna som står ut med min otrohet, mitt behov av ensamhet och mina grubblerier över livets förgänglighet.

– Du kommer snart att leva tillsammans med en ung kvinna med stark vilja, säger sierskan trevande. Ni får ett barn ihop.

Det måste vara Karin hon menar! tänker jag förvånad.

Jag kommer alltid på något sätt att älska Karin, trots att hon bara nöjer sig med att dyka upp då och då hos mig för att äta och sova. Hon lever på att snylta på sina kompisar och på tillfälliga jobb. Efter några dagars samvaro försvinner hon leende ur mitt liv igen och lämnar en svidande saknad efter sig och varje gång förbannar jag mina känslor för henne.

Jag har förstått att Karins frihet är en förutsättning för vårt förhållande. Ändå är det en gåta för mig varför hon har ett så starkt inflytande på mig trots att hon är betydligt yngre än jag, har andra intressen och saknar hyfs, stil och bildning.

Under några månader var jag som besatt av tanken att göra Karin gravid, för jag fruktade att någon annan skulle hinna göra det före mig, men jag besinnade jag mig när jag insåg att hon aldrig skulle stanna hos mig bara för ett barns skull, utan hon skulle fortsätta komma och gå som det behagade henne och i längden skulle det göra mig arg, olycklig och svartsjuk.

Sierskan har inget emot att jag vill kolla hennes uppgifter, så jag ringer till Karins mobiltelefon, den enda fasta förankringen hon har i sin kringflackande tillvaro.

– En sierska påstår att du och jag ska få barn och bo ihop.

– Jag blev faktiskt med barn men jag fick missfall, svarar Karin medan det i bakgrunden hörs en manlig stämma.

– Håller du på att göra ett nytt försök? undrar jag svartsjukt.

– Nej, det är en bara en snäll gubbe som jag bor hos ibland, svarar hon och avbryter kontakten.

Jag vänder mig mot sierskan som studerar den virvlande, vita röken i glaskulan.

– Du spådde nästan rätt, säger jag.

– Det är inte alls säkert, svarar sierskan. Framtiden handlar framför allt om att välja.

– Vad är det då för mening med att besöka dig?

Hon förklarar lugnt att förutsättningen för att kunna spå framtiden är att allt redan måste ha hänt, men att framtiden trots det är så dynamisk att den erbjuder möjligheter att välja, eftersom det finns oändligt många parallella tider. Varje människa kan välja den onda eller goda vägen. Hon söker alltid det bästa alternativet för sina kunder.

– Jag förstår ingenting av din hemmagjorda teori, svarar jag ärligt. Jag vill bara veta vad som sker inom en snart framtid!

Sierskan böjer sig längre fram och iakttar röken i globen. Plötsligt rycker gummans gråa, skrynkliga ansikte till, hennes små, svarta ögon förstoras och hon börjar svettas.

– Vad ser du? undrar jag oroligt.

– Ingenting särskilt, svarar hon stammande.

Jag fruktar att hon har sett något fasansfullt och det ger mig ångest, för det hemska kan angå mig.

– Ni får ursäkta mig, jag behöver ett glas vatten, säger hon. Ni kan vänta här.

Hon stapplar ut ur det dunkla rummet och jag böjer mig fram till glaskulan och stirrar på röken, men den säger mig ingenting. Nästa ögonblick hörs hasande steg bakom mig, jag vänder mig om och får se sierskan måtta en kastrull mot mitt huvud. Instinktivt duckar jag åt sidan med armen mot henne. Kastrullen träffar min axel, jag skriker till av smärta och knuffar henne ifrån mig. Hon faller handlöst bakåt, slår huvudet i en byrå och sjunker ihop medvetslös.

Förskräckt rusar jag fram till sierskan, jag fruktar att hon har slagit ihjäl sig. Jag baddar hennes ansikte med fuktig handduk men hennes andning är fortfarande svag. Till slut återfår hon medvetandet.

– Jag ville hindra er från att slå mig, viskar hon.

– Men jag har ju ingen anledning att göra dig illa, säger jag.

– Röken avslöjade att ni skulle skada mig.

– Det är ju helt vansinnigt!

Jag ringer efter en ambulans och inser att jag måste lämna lägenheten innan den anländer, för jag befarar att man kommer att misstänka att jag har misshandlat sierskan.

Jag återvänder till hotellet, packar i all hast väskan för att omedelbart lämna det lilla samhället.

Receptionisten undrar vänligt leende:

– Har besöket i byn varit givande?

– Ja, för nu vet jag åtminstone att det kan vara farligt att titta in i framtiden.

Prinsessans jacka

Berndt knuffar in mig i sin butik som om han fruktar att jag ska ångra mitt hastiga löfte att kolla hans gamla prylar. Jag har ingen avsikt att köpa något, utan jag vill bara bättre lära känna den man som då och då bjuder ut Maria, så att jag kan hitta en svaghet hos honom som jag kan utnyttja i kampen om hennes gunst. Hon åtrås av många trots att hennes uppmärksamhet är nyckfull men hon får vilken man som helst att känna sig meningsfull i hennes närhet.

– Jag har tyvärr utseendet mot mig, säger Berndt. Men jag är inget annat än en hederlig syndare.

Tydligen anser Berndt att man i början inte ser en ny bekantskap som han är enligt honom själv, utan som man tror att han är enligt egen erfarenhet av liknande utseende. Han utgår sålunda från att jag ska uppfatta det som negativt att han ser ut som en elak, fördomsfull karikatyr av en sniken försäljare: en stor, böjd näsa, svarta, kisande ögon.

– Du ser ut som en örn som spanar efter ett byte, säger jag uppriktigt.

Han skrattar åt min beskrivning och föreslår:

– Här borta har jag en härlig, unik jacka som du måste titta på.

Berndts lilla butik är full med saker. Det är mest antikviteter men också mycket begagnat skräp. Han vill utöka företaget och höja vinsten och därför studerar han ekonomiska strategier på universitetet.

Han tar fram en sliten jacka, håller upp den framför mig och säger:

– Den är väl snygg? Den skulle vara en perfekt gåva för den kvinna som du vill förföra.

– Nej tack, den kvinna jag skulle vilja erövra har redan garderoben full av dyra plagg som hon fått av beundrare.

– Du kan åtminstone känna på jackan, uppleva hur skönt det är att ta i ett plagg som en underskön europeisk prinsessa för omkring hundra år sedan använde för sina promenader i idylliska parker. En sådan jacka är väl varje bedårande kvinna värd?

Berndt har rätt, för vägen till Marias vänskap tycks gå genom dyra gåvor. En sådan kvinna vill att mannen ska bevisa att han är seriös genom att ge henne en present. Ju dyrare gåva, desto trovärdigare avsikter.

Motvilligt låter jag Berndt trycka jackan i min famn.

– Kolla om fickorna är hela, påpekar Berndt. Jag vill ju inte sälja något som är trasigt.

När jag gör det blir jag förskräckt. I den ena fickan ligger en tjock portmonnä. Jag känner att den är full med mynt och jag inser med ens att de kan vara värda en hel del om de är lika gamla som jackan.

– Hur många har ägt jackan efter prinsessan? frågar jag stammande.

– Ingen, svarar Berndt bestämt.

– Vad kostar den?

– Fem tusen men som vän får du jackan extra billigt, endast fyra tusen vill jag ha för den.

– Det är mycket pengar för mig. Dessutom är den sliten.

– Tre tusen femhundra kronor då?

Jag springer till närmaste bankomat, tar ut pengarna och återvänder till Berndt. Han räknar sedlarna noggrant, innan han ger mig jackan, som han har packat in i en kartong, och jag lämnar behärskat butiken, så att han inte ska bli misstänksam och ändra sig.

Hemma känner jag mig som ett barn inför jultomten, när jag öppnar kartongen. Jag tar fram plånboken, väger den en stund i handen som darrar av upphetsning. Sedan viker jag upp den och gör en fasansfull upptäckt: Den innehåller bara nya mynt.

Jag förbannar Berndt för att han har lurat mig, men lugnar snabbt ner mig för att kunna tänka efter hur jag nu ska agera. Jag finner att min enda chans är att spela missnöjd med jackan i förhoppning om att han ska vara barmhärtig och ge tillbaka en viss del av pengarna, för det är trots allt inte säkert att han vet något om plånboken.

Jag ringer till Berndt och klagar på att jackans skinn har spruckit på flera ställen och då kommer nästa chock:

– Du har inte köpt någon jacka av mig!

Nu finns det ingenting annat jag kan göra än att godta köpet. Om jag hämnas genom att tala om för andra på universitetet att Berndt lurat mig skulle jag antingen framstå som dum eller anklagas för förtal. Jag har inget kvitto på att jag köpt jackan av honom.

Jag granskar jackan och finner att den trots allt kan användas som gåva. Hela natten förbättrar jag den. Jag tvättar fodret och putsar skinnet och till slut är den som ny, men det slitna skinnet är av betydligt bättre kvalitet än moderna jackor.

På förmiddagen stöter jag och Maria på Berndt i en korridor på universitetet. Han stirrar synbarligen förvånat på jackan som klär Marias kurviga figur perfekt. Hon är mäkta stolt över den.

– En jävla snygg jacka, säger Berndt.

– Kvalitet, förstår du, svarar Maria spydigt. Den har tillhört en riktig prinsessa.

– Då måste den vara väldigt dyr!

– Tja, tolv tusen, ljuger jag samtidigt som jag ger Berndt en varnande blick som säger att jag är beredd att slå honom, ifall han avslöjar sanningen.

– Det var generöst! utropar Berndt med överdriven förvåning.

– Jag är väl värd det, eller hur? säger Maria medan hon ser uppfordrande på Berndt som bara har gett ett löfte om att skänka henne en exklusiv klänning.

– Självklart, du är värd mer än vad jag har råd med, svarar han och skyndar vidare till en föreläsning.

Det var visserligen fräckt av Berndt att påstå att han inte har sålt jackan till mig, men nu struntar jag i det. Det känns som att förlora en match. Jag har helt enkelt besegrats av en överlägsen motståndare. Han visste exakt hur han skulle locka fram min girighet. Jag har mig själv att skylla.

Som tröst i eländet kommer den ena studenten efter den andra fram till Maria för att beundra jackan. Några ser till och med avundsjuka ut och önskar att de någon gång ska få råd att unna sig något så originellt och lyxigt. Och Maria blir så upprymd av uppmärksamheten att hon lovar att skippa Berndt och i stället låta mig göra läxor tillsammans med henne.

Kapitalismens bakgård

J ag, två gubbar och en flykting står bredvid varandra och lyfter bort tunga kartonger med bananer, som störtar fram på ett rullande band från ett fartyg som står utanför baracken. Kartongerna kommer så tätt efter varandra att vi knappt hinner placera dem på lastpallar, som två högljudda, kraftiga truckförare hämtar med truckar.

Jag har redan ångrat att jag tog jobb på Fruktbolaget för att bedriva undersökande journalistik, för uppgiften känns kränkande hård, men som fattig frilans måste jag ta de få uppdrag jag får. Det började med att en jobbare på företaget påstod att truckförarna misshandlade honom för att han varit på toaletten för länge.

Tidningen skrev om det och företaget stämde tidningen för förtal. Jobbaren visade sig vara en alkoholist som plötsligt hade glömt allt. För några dagar sedan ringde chefredaktören till mig och röt: Syna det jävla företaget!

Jag kollar åter klockan, vänder mig till flyktingen och frågar:

– När får vi paus?

– När bandet på grund av fel stannar eller när det kommer så få kartonger att det räcker med en, två man här, svarar han.

– Om det inte sker då?

– Då måste vi vänta till lunch.

Fy fan! Hur ska detta sluta? tänker jag.

Mina armar och min rygg värker av utmattning redan efter en timmes arbete. Jag tvivlar på att jag ska orka bära kartonger med bananer ytterligare sju timmar.

– Visa oss för helvete att ni är karlar! hetsar en av truckförarna bakom oss.

Gubbarna ler fånigt och demonstrerar sin styrka. De tar två kartonger på en gång medan jag och flyktingen fortsätter att bära en kartong var. Jag orkar dubbelt så mycket, men jag vill inte överanstränga min rygg för att bevisa min styrka för de oförskämda truckförarna. Den klena flyktingen mäktar knappt med en kartong, han vacklar ofta till av utmattning och grimaserar av smärta.

– Bara två timmar kvar till lunch! skriker den magre gubben med en yvig gest.

Ibland kommer chefen ut från sitt bås och då arbetar de två gubbarna som besatta som om de fruktar att kastas ut i arbetslösheten. Chefen måste ha sett gubbarna dricka vin på jobbet, men han har uppenbarligen överseende med det så länge de orkar bära kartonger i godtagbar fart.

– Är ni rädda för chefen? frågar jag.

– Nej, han är hygglig, men truckförarna kan vara tuffa, svarar den magre gubben. En gång kastade de ut en kille som bråkade.

– Vad hade han gjort?

– Han blev förbannad och började slänga bananer omkring sig, när de ville skicka hem honom för att han var för full för att jobba.

– Blev han misshandlad?

– Vad som hände utanför baracken vet jag inte.

Kartongerna förs av truckförarna till andra sidan av baracken. Där arbetar ett tjugotal unga kvinnor bakom väggar av genomskinlig plast. Det gör det möjligt för chefen att hålla dem under uppsikt från sitt bås. De packar bananerna i plastpåsar på ackord. Det är ett stressigt och långtråkigt jobb, men de har det bättre än jobbarna vid bandet som bara är tillfälligt anställda. De arbetar vid varsitt bord med lampa och alla har hörlurar ifall de vill dämpa bullret och monotonin med musik.

En gång per timme tar de en kort paus i ett pausrum för att dricka kaffe, röka och glo flinande på jobbarna vid bandet som om de vore apor på något zoo. Några gör löjliga gester mot dem, andra räcker ut tungan medan de övriga skrattar.

– En timme kvar till lunch! ropar den magre gubben.

Den tjocke gubben knuffar menande till mig, när några av kvinnorna kommer gående till pausrummet. En av dem tar sig själv utmanande på bröstet medan de andra fnittrar åt gubbarnas blickar.

Till slut ljuder en gäll signal och den magre gubben skriker:

– Det är lunch, gubbar!

Totalt utmattad sätter jag mig vid flyktingen för att vila mig.

– Finns det mat att köpa i pausrummet? frågar jag.

– Nej, bara en kaffeautomat, svarar flyktingen.

– Det måste finnas ett lunchrum någonstans, för det jobbar ju tjänstemän på företaget.

– Bara tjänstemän får vara där, svarar han.

Vi sätter oss i det smutsiga pausrummet. Flyktingen bjuder mig på bröd och grönsaker. Han berättar på nästan perfekt svenska att han var jurist i sitt hemland. När han började kämpa för mänskliga rättigheter, fängslades och torterades han så svårt att han fortfarande plågas av värk i ryggen. I Sverige har han studerat flera kurser på universitetet och haft några vikariat som lärare.

– Hur kommer det sig att du arbetar här? frågar jag. Man behöver ingen utbildning för det här jobbet.

Han förklarar att arbetsförmedlingen har skickat honom till Fruktbolaget mot hans vilja med ultimatumet att antingen godta jobbet eller bli avstängd från arbetslöshetskassan. Han har nu arbetat några veckor på företaget och ska vara kvar tills arbetsförmedlingen har funnit ett lämpligare jobb åt honom. Varje dag är en pina och han funderar ständigt på en utväg ur sin situation.

– Det är egentligen hemskt, säger jag. Du flydde från diktaturen för att i stället hamna i en skitig, dragig barack för att slita som ett djur för en låg lön med frukt från ditt hemland.

– I ditt och mitt land finns kapitalister, för dem finns ingen moral och inga gränser, förklarar han lugnt. De struntar i politik så länge de kan göra profit. I mitt land använder de armén för att förtrycka människor, i Sverige myndigheter.

– Du riskerar ju din hälsa med det här tunga jobbet, säger jag medan flyktingen resignerat petar i sin mat.

Jag föreslår att vi tar en kort paus efter en timmes arbete. Om truckförarna blir arga ska jag förklara för dem att det är tillåtet enligt ett fackligt avtal. Jag lovar att själv stå för konsekvenserna. Han rycker uppgivet på axlarna och godtar mitt förslag.

Lunchen är slut, bandet börjar rulla och strax därefter kommer de första kartongerna. Jag lyfter trotsigt av dem och snart arbetar jag som i trans. Kartongerna blir mina fiender. Det känns som om de vill krossa mig. Gubbarna försöker muntra upp mig och flyktingen med glada tillrop.

Jag finner inget märkligt i att gubbarna orkar jobba hårt trots att de är i femtioårsåldern och blir alltmer berusade. Alkoholister kan slita. Jag träffade flera sådana typer under de sex år som jag var finmekaniker på en verkstad. De var stolta över att ha ett jobb och ville visa att de var lika duktiga som sina nyktra kolleger.

Den tjocke gubben är nu så berusad att han börjar bikta sig för mig. Den handlar om alkohol och om hans misslyckanden. Han anser att det är kvinnornas fel att han har skilt sig två gånger, förlorat sin villa och sitt arbete som försäljare och nu super han för att glömma deras svek. Men någonstans i hans alkoholiserade, tröga hjärna finns lite intresse för kvinnor kvar.

– Nu kommer puddingarna igen, flåsar han i mitt öra och stirrar på kvinnorna som är på väg till pausrummet.

Kvinnorna vickar skrattande på stjärten och beter sig som om de vill att vi ska tafsa på dem.

– De är läckra men lite knäppa, säger den tjocke gubben. De spottar på en om man kommer för nära dem.

Det skulle jag också ha gjort, tänker jag, plågad av gubbens stinkande närvaro.

Truckförarna återvänder och väntar otåligt på att få tillräckligt många kartonger på lastpallarna så snabbt som möjligt. Ju hårdare jobbarna sliter vid bandet och ju snabbare kvinnorna packar,

desto mer betalt får truckförarna i tillägg. De är även fackliga om-
bud för arbetarna, men det är meningslöst att vända sig till dem
med klagomål, eftersom de i själva verket fungerar som förmän.

– Fortare för fan! vrålar en av truckförarna. Det här är för fan
inget vilohem!

Då sätter jag mig prompt ner och flyktingen gör det också
efter en viss tvekan, jag tänder en cigarrett och blåser röken mot
de förbluffade truckförarna.

– Vad i helvete sysslar ni med? skriker en av dem.

– Vi tar en avtalsenlig paus, svarar jag.

– Här bestämmer vi när man får ta rast!

De knuffar bryskt undan mig och tar tag i flyktingens armar,
han gör inget motstånd när de nästan släpar honom till båset där
chefen sitter. Han skäller ut flyktingen medan truckförarna håller
honom mellan sig.

Efter en kvart kommer flyktingen tillbaka. Han ser missmodig
ut och säger:

– Chefen ringde till arbetsförmedlingen som sa att de inte
hjälper mig om jag får sparken. Jag måste jobba över en timma,
annars blir det avdrag på lönen.

– Det var mitt fel, säger jag. Jag provocerade dig till det.

– Det sa jag också till chefen, svarar han. Jag måste tänka på
min familj.

Den sista timmen känns plågsamt lång. Det kommer allt fär-
re kartonger på bandet, men nu tycks de väga dubbelt mer än
förut. Min skjorta är våt av svett och jag har värk i huvudet och i
lederna.

En gäll signal ljuder i hela baracken.

– Nu är det slut! ropar den magre gubben och skuttar runt
medan kvinnorna lämnar springande baracken och deras ersät-
tare intar deras platser.

Jag känner mig yr av utmattning, sätter mig på en lastpall och
röker en cigarrett. Flyktingen och det nya gänget är redan i gång
vid det rullande bandet med andra truckförare som skriker och

svär åt dem att jobba snabbare.

Chefen kommer gående mot mig med en bister min, han säger allvarligt:

– Jag är ledsen, men vi har inget jobb åt dig i fortsättningen.

Jag följer chefen till båset. Han skriver ut min lön på en check med en timmes avdrag för min aktion. Jag tar tacksamt emot checken, för den räddar delvis mitt uppdrag för tidningen. Jag kan inte bevisa att truckförarna har misshandlat en jobbare, men jag har åtminstone fått ett skriftligt bevis på att företaget straffar dem som tar en avtalsenlig paus.

Som vissnat löv

Varför ska också vädrets makter plåga en fattig, ensam ung-karl? frågar jag mig själv när jag i regn och blåst släntrar över till Systembolaget för att köpa några flaskor vin som ska lindra min ångest och självömkan som pinar mig för att jag åter undrar vad det är för mening med att kämpa vidare när jag ändå bara kan se ytterligare fiaskon dyka upp i horisonten.

På Systembolaget får jag syn på Mia. Jag tränger mig fram till henne i hopp om att hon har ett bättre könummer än jag.

– Jag ska dricka mig full i kväll, säger jag.

– Det ska jag också göra, för jag orkar inte längre, viskar hon.

Jaha, nu är det dags igen, tänker jag. Hon är deprimerad.

– Vill du hjälpa mig till evigheten? undrar hon.

– Vilken jävla evighet? säger jag för att i nästa ögonblick förstå att hon avser självmord.

Jag känner mig förfärad inför Mias avsikt, men jag behåller mig lugn för att inte oroa henne. Jag inser att jag är tvungen att tacka ja för att kunna hjälpa henne att överleva krisen. Hon blir alltid så deprimerad efter ett misslyckat förhållande att hon ibland funderar på självmord.

– Självklart vill jag hjälpa dig att komma till gudarna, för du är ju min vän, säger jag och påpekar:

– Dessutom älskar jag dig fortfarande trots allt.

– Tack, säger hon. Jag litar på dig.

Mia och jag sätter oss i en restaurang, där vi en gång i tiden förälskat analyserade våra drömmar om framtiden. Hon petar i maten medan hon tankfullt stirrar på några vissna löv som fladd-rar omkring en gatlykta i kalla, nyckfulla vindar. Hennes frånva-rande blick vandrar uppför gatlyktan som lyser upp trottoaren.

Hon tycks vara så fördjupad i sina dystra tankar att hon inte ens ser sitt magra, bleka ansikte speglas mot fönstret.

Stackars Mia! tänker jag. Vad hon har förändrats av sin taskiga relation!

Det var som om fästmannen ville krossa Mias personlighet för att sedan skapa en som passade honom bättre. Redan den första veckan som sambo utsattes hon för misshandel och psykisk terror så att hon blev ängslig och kände sig värdelös.

Räddningen kom oväntat hastigt, när plågoanden drabbades av en stroke. Nu ligger han hjälplös på sjukhuset och bevakas av giriga släktingar som fruktar att han i sista stund ska ge bort pengar och prylar. Ändå fortsätter han att plåga Mia men nu i hennes mardrömmar.

Sedan dess har Mia betett sig som ett vissnat löv bland vindar. Hon har velat än hit, än dit utan att veta vad hon vill göra. I ena ögonblicket kan hon vara sprudlande glad för att i nästa stund gråta. Det verkar som om det senaste misslyckandet slog sönder hennes trygghet, viljestyrka och självförtroende.

Då och då har Mia ringt mig för att ha någon som lyssnar på hennes virrvarr av tankar. Ur kaoset växte i alla fall en plan fram. Hon funderar på att sälja sina ägodelar för att bli bonde i något soligt land, där det räcker att vara en vanlig, hygglig människa.

– Besökte du psykologen som jag föreslog? frågar jag

– Ja, men det var meningslöst, svarar Mia. Han pratade bara en massa strunt och föreslog sedan lugnande medicin. Men att ge mig medicin är som att ge en lösvagina till en karl som längtar efter en kvinna.

Jag skrattar lättad, för i svaret skymtar jag lite av den gamla Mia, den med temperament och vassa repliker som jag lärde känna då vi var unga och spelade i samma musikgrupp. Jag påpekar det för Mia och då ler hon.

– Vi var nog lite tokiga på den tiden, säger hon som om det handlar om en oändligt avlägsen tid. Vi hade så goda tankar om kärleken och människorna.

– Vi hade i alla fall roligt tillsammans, påpekar jag.

– Tyvärr blev våra planer inget annat än drömmar.

– De flesta människor går omkring med ouppfyllda drömmar, säger jag.

Mia lämnade mig när hon förälskade sig i en gitarrist och blev sångerska i hans populära musikgrupp. Jag tyckte att hon svek mig och avbröt vår vänskap. Jag kunde emellertid följa Mia genom gemensamma vänner och via massmedier. Det handlade mer om Mias stormiga äktenskap än om hennes karriär.

Jag hade då gett upp hoppet om att någonsin etablera mig som musiker för att i stället studera på journalisthögskolan. Mia hade jag redan arkiverat i mitt minne som ett äventyr bland många för att orka leva vidare.

Efter Mias skilsmässa träffades vi igen, men jag hann bara trösta henne några veckor innan hon åter försvann in i en ny, hopplös relation. Det blev ytterligare några korta, misslyckade förhållanden före den senaste katastrofen som slog sönder hennes livsglädje.

Mia och jag tar taxi hem till min lägenhet. Hon klär genast av sig och lägger sig i sängen. Hon har blivit sjukligt mager. Brösten har sjunkit ihop och revbenen framträder förfärande tydligt. Men hon tycks vara likgiltig inför sitt ömkliga tillstånd. Jag försöker undvika att se på Mia, för anblicken förnedrar mina minnen av våra tidigare kärleksfulla möten då hon var frisk och stark.

Hon dricker ännu ett glas vin trots att hon har blivit ordentligt berusad.

– Jag vill äga dig på riktigt en enda gång, säger hon.

– Vad menar du med det? undrar jag.

– Jag vill älska med dig utan skydd.

– Då kan du ju bli gravid.

– Det spelar ingen roll, jag ska ju ändå dö.

Nu har du verkligen hamnat i knipa, tänker jag när hon gränslar sig över mig.

Hon utför små, koncentrerade rörelser samtidigt som hon

stirrar som förhäxad på våra förenade könsorgan medan jag upp-
bådar all min vilja att hålla igen utlösningen. Plötsligt stelnar hon
i kramper, skötet kniper om min penis och hon börjar gråta, hos-
ta och skrika som om hon vore överväldigad av en djup smärta.
Det är en orgasm som tycks gripa tag i hela hennes personlighet
och sudda ut gränsen mellan liv och död, mellan nuet och det
förflutna tills hon faller hon ihop över mig och ligger stilla och
tyst i ett slags medvetslöst tillstånd. Jag hoppas att hon ska som-
na, men långsamt börjar hon att röra på sig.

— Nu kan du hämta sömntabletterna, flämtar hon. Nu är det
väl dags att dö.

Jag tar fram en burk som innehåller vitaminer och räcker fram
en handfull tabletter till henne.

— Dessa sömntabletter är bättre än dina. De är extra starka,
du kommer att dö smärtfritt, säger jag så sakligt som möjligt för
att det ska få henne att välja dem.

— Du är verkligen omtänksam, säger hon.

Hon sväljer alla tabletter utan att tveka med ett glas vin. Hon
vill verkligen dö och det skrämmer mig.

— Håll om mig, vädjar hon och somnar i min famn.

Hela natten sitter jag uppe och grubblar över hur jag ska för-
klara för Mia att jag lurat henne att leva ett tag till. Jag oroas över
att hon ska bli så arg för att jag svikit henne att hon avbryter vår
vänskap för att sedan försöka begå självmord för egen hand.

På förmiddagen vaknar Mia, hon ser sig förvirrat omkring och
säger:

— Jag har för mig att jag skulle dö.

— Det måste du ha drömt, säger jag. Du blev så full att du
somnade när vi kom hem.

Hon sluter ett lakan om sin magra kropp och skuttar ut till
badrummet och jag återvänder till köket för att göra färdigt lun-
chen.

— Vill du ha äggen som vanligt? frågar jag.

— Nej, svarar hon. Stek dem på båda sidorna den här gången!

Blindträff

kikaren ser jag Anna klä om sig i sitt sovrum efter en förmiddag med föreläsningar på universitetet. Hon är alltid klädd i klänning, för då märks det knappt att hon har för korta ben. De stannade i växten redan när hon var barn, medan den övriga kroppen fortsatte att utvecklas till en mycket vacker kvinna med sorgsna ögon. Hon väljer en vit klänning och en vit rosett om sin tjocka, blonda hårfläta.

Anna har bett mig att hålla henne under uppsikt, för hon känner sig nervös inför sin första träff med en man som vill förföra henne. Hon får regelbundet besök av manliga kamrater som också studerar tyska, men de tycks vara nöjda med att ha ett platoniskt förhållande till henne. De sitter bara i köket och pratar, äter sallad och dricker te och ibland jobbar de på något gemensamt projekt. Men hon längtar efter mer än detta och brukar beklaga sig för mig: Ingen vill ha mig!

En bil parkerar vid huset och ut kliver Leif, en överårig student som jag lärt känna på universitetet. Han är klädd i kostym, i den ena handen håller han blommor, i den andra en flaska vin. Han är en av de värsta raggarna på universitetet, han studerar bara för att komma åt unga kvinnor och han härjar bland dem som en varg i en flock får. Ensamma, fattiga kvinnor som flyttat långt från vänner och släktingar är lätta byten för hans charmiga leende och fantasifulla lögner om ett flott liv bland kändisar. I verkligheten är han en arbetslös mångsysslare med en skilsmässa och några konkurser bakom sig.

När Anna öppnar dörren, omfamnar Leif henne och de sätter sig i en soffa tätt intill varandra.

Visa nu vad du kan, jävla bock! tänker jag och reser mig upp, belåten över att han trots allt dök upp.

Då hör jag prassel bakom mig. Jag vänder mig om och till min fasa ser jag mig omringad av fyra poliser. De står bakom träden som om de fruktar att jag är beväpnad.

En av poliserna skriker:

– Håll upp händerna så att vi kan se dem tydligt!

Jag lyder rådet, förvirrad och chockad medan två poliser rusar fram till mig, tar stadigt tag om mina armar och för mig bryskt till en polisbil.

De har skickat ett helt uppbåd för min skull, tänker jag skärrad. Det måste vara ett missförstånd!

Två poliser knuffar in i mig bilen och sätter sig på varsin sida om mig. Tigande kör de till polishuset och leder in mig i ett rum i häktet med kala, kaklade väggar. I rummet finns bara en taklampa, ett bord och två stolar.

En äldre, tjock polis sätter sig vid bordet mitt framför mig.

– Du ligger illa till, säger han.

– Jag har rätt att få veta vad jag misstänks för, svarar jag, fortfarande omtumlad av att plötsligt befinna mig i ett häkte för första gången i mitt liv.

Polisen förklarar att några våldtäkter har begåtts i området kring universitetet under de senaste månaderna. Nu har någon tipsat polisen om att jag stått med kikare och spanat på studenter vid deras bostäder och polisen skickade en patrull dit och nu utgår de från att jag kan vara förövaren.

Jag förstår att det är bäst att säga sanningen direkt, även om den är pinsam, men det förvärrar bara mitt läge, om polisen uppdagar mig med lögn. Jag berättar att jag har gjort upp med Leif att han ska förföra Anna och att jag lovat henne att hålla uppsikt, ifall han skulle reagera med ilska, när han upptäcker att hon har vanskapta ben.

– Jag ville bara hjälpa mina vänner att få lite sex, säger jag. Det är väl inget fel i det?

Efter en stund återvänder den tjocke polisen, men nu med

två kolleger. Tigande tar han på sig engångshandskar.

– Vad är de handskarna bra för? undrar jag.

Den tjocke polismannen flinar så att hans gula tänder glittrar i det starka ljuset och svarar:

– Jag vill inte att du ska smitta mig med någonting, när jag visiterar dig. Vi ska nu ta reda på om du är gärningsmannen eller bara en sjuk jävel.

– Men har du inte ringt Anna? frågar jag.

– Visst, men det var ingen som svarade, säger han.

Jag blir alldeles kallsvettig. Tänk om något förskräckligt har hänt Anna! Då ligger du verkligen illa till, tänker jag, och sjunker ihop på bänken med händerna om mitt huvud, förtvivlad och desperat.

Poliserna börjar visitera mig i jakt efter bevis. De vänder ut och in på min plånbok, kollar mina privata anteckningar och synar mina kläder. Allt sker under tystnad. Det märks att de är övertygade om att jag är den skyldige. Till slut står jag där i bara kalsongen.

– Om du vägrar visa könsorganet måste du stanna här tills i morgon, då en läkare kan komma, säger den tjocke polisen. Ett av offren har sagt att gärningsmannens penis har en mörk fläck på ollonet.

De driver med mig, tänker jag uppgivet, men jag tar ändå av mig kalsongen, eftersom jag inte kan stanna kvar i häktet för Annas skull.

Polismannen synar min penis och ger mig sedan tecken att jag kan klä på mig, och säger:

– Du kan gå nu.

– Hur kan ni låta mig utstå allt detta bara på grund av ett anonymt tips? undrar jag ilsket.

– Du såg misstänkt ut, svarar han och tittar menande på mitt långa hår. Dessutom var du nervös.

– Vem som helst skulle bli nervös av att bli omringad av poliser, svarar jag.

– Är du den skyldige så åker du dit förr eller senare, säger han. Nu vet vi vem du är. Glöm inte det!

I receptionen sätter jag mig ner, fortfarande utmattad, omtumlad och darrande av hat mot den tjocke polisen. Jag viker upp mobiltelefonen och ringer till Anna men ingen svarar.

Jag tar taxi till Annas lägenhet, plågad av oro för att något förskräckligt kan ha inträffat. Försiktigt öppnar jag dörren, tassar in i hallen. Det är tyst och släckt överallt. Jag tittar in i sovrummet och där sover de två, Anna och Leif, nakna med benen tätt omslingrade i varandra.

Sista hindret

Marias pappa ler förväntansfullt när jag lirkar fram en flaska vin ur min väska strax efter det att hon och hennes mamma lämnat oss ensamma i finrummet för att samtala som män emellan. Jag har träffat många flickvänners pappor och har lärt mig att utnyttja deras svagheter och övertyga dem om att det bara är fördelaktigt för dem att deras dotter har ett förhållande med mig. Den här pappans svaghet är det som är förbjudet för honom: alkohol.

Jag avskyr att träffa pappor, eftersom de flesta är snikna och misstänksamma, men jag har insett att man ofta inte bara har ett förhållande till en kvinna, utan också till hennes släkt, framför allt till pappan, och lyckas jag få honom positivt inställd till mig, försvinner ofta dotterns sista tvekan för mig.

Men Marias föräldrar gör mig bara förfärad med sin fattigdom och fysiska skröplighet trots att hon har förvarnat mig om detta. Jag har förstått att Maria är deras sista hopp om en bättre framtid. De satsar det lilla de får över från sina pensioner på sitt enda barn, så att hon ska klara sina studier i juridik.

Pappan dricker direkt ur flaskan som om vinet vore vatten.

Gubben måste vara alkoholist, tänker jag förbluffad.

– Ah, det var härligt, säger han med en djup lättnad.

Hans beniga arm darrar så våldsamt att han spiller ut vin som rinner nerför hans hopsjunkna kinder och magra, skrynkliga hals. Hans kropp är skröplig och händerna förvridna efter ett liv som glasmästare. Han har renoverat kyrkofönster. Även hans hustru är nedbruten efter slit som städerska. Hon lider av kronisk värk.

Pappan räcker över flaskan till mig med en darrande hand och säger:

– Det där behövde jag. Tack ska du ha.

Jag tar några klunkar för syns skull och räcker tillbaka flaskan till pappan som tömmer resten i ett svep. Han torkar munnen med handen och gömmer flaskan bakom en byrå.

– Maria har förbjudit mig att ställa några frågor, eftersom hon har berättat allt jag bör veta om dig, säger han. Men är det sant att du studerar tyska för att bli utrikesreporter?

Jag känner instinktivt att han gillar mig som jag är, så jag satsar på att vara ärlig för en gång skull.

– Nej, sådana jobb ges till avdankade chefer och andra höjdare på en tidning som reträttpost. Jag studerar för att jag är arbetslös, jag väntar på ett nytt vikariat. Jag ljög för Maria för att jag helt enkelt skämdes över det, svarar jag.

– Men har du någon möjlighet att försörja Maria, ifall hon skulle bli gravid?

– Så långt har jag faktiskt inte tänkt ännu ...

Plötsligt stelnar gubben till, grimaserar av smärta och ramlar med en otäck duns och blir liggande i en krampaktig ställning på golvet medan jag rusar ut till Maria och hennes mamma som står i köket och diskar.

– Din pappa håller på att dö! skriker jag.

– Ingen fara, svarar Maria lugnt. Han har bara fått hjärtinfarkt igen.

Hustrun lägger en filt över sin make medan Maria ringer till sjukhuset. Inom tio minuter dyker två sjukvårdare upp i lägenheten. De bär ut den gamle mannen på en bår, där han fortfarande ligger i en förvriden ställning. Hustrun följer med dem till ambulansen.

Maria sätter sig framför teven och glor tigande på något program medan jag oroar mig för att hon ska tro att jag har orsakat hjärtinfarkten. Pappans andedräkt kan ha avslöjat att han har druckit vin.

När mamman återvänder blir Maria munter igen. De gör i ordning en provisorisk säng i finrummet för mig och försvinner in i sovrummet. De pratar hela tiden men jag kan inte urskilja vad samtalet handlar om. Sedan blir det tyst och Maria dyker upp vid min säng, hon lägger sig bredvid mig.

– Mamma tycker om dig, säger hon.

Vi kramar och kysser varandra medan jag för första gången smeker Marias stora, fasta bröst. När min hand når hennes fuktiga sköte sätter hon sig genast upp. Det verkar som om hon bara vill ge mig ett smakprov på sig själv i förskott för att säga: Allt detta tillhör dig om du sköter dig. Sedan lämnar hon mig ensam med en smärtsam förväntan som gör mig yr av fantasifulla tankar om henne.

Tidigt på morgonen åker vi till sjukhuset, där pappan ligger i en säng med kablar kopplade till bröstkorgen. En skärm vid sängen visar att hjärtats rytm är normal igen.

– Än finns det liv i det gamla hjärtat, säger han leende.

Maria och hennes mamma klandrar gubben för att ha druckit vin trots att läkaren förbjudit det. Han lovar att aldrig mer dricka en droppe igen och får då höra att han har gett dem samma löfte i åratal. Det hela låter som en besvärjelse.

Sedan vinkar han fram mig, tar tag i min arm, lutar sig darrande fram mot mitt öra och viskar:

– Du är väl rädd om min lilla dotter?

– Ja, självklart, svarar jag och trycker in en liten flaska konjak under hans kudde.

Svensk utlänning

Pelle ser övergiven och ledsen ut där han står framför en stor målning på ett konstmuseum som föreställer mulliga, blonda kvinnor som badar i en gnistrande blå sjö, som är omgiven av vita björkar i en röd skymning på landsbygden. Tydligen har han också upptäckt att gammal konst är en god tröstare.

Jag tvekar att störa Pelle, för det finns stunder då en människa vill vara ifred, men han har redan upptäckt mig.

– Den där tavlan är bara en romantisk dröm, säger han.

Bilden är anledningen till att Pelles familj valde att fly till Sverige från krig, nöd och förtryck. Föräldrarna visade den då nioårige Pelle en bunt vykort från olika länder och han pekade just på den som föreställde en lantlig idyll på 1800-talet, en idyll som aldrig har existerat på den svenska landsbygden. Bilden har bara sitt ursprung i konstnärens fantasifulla hemlängtan. Men den motsvarade bäst Pelles tankar om ett fredligt och kärleksfullt land.

Jag träffade Pelle för några veckor sedan när jag var på väg på gågatan till universitetet. I diset liknade han en av de många tjänstemän som jäktar till sina kontor. Han hade fällt upp kragen till sin gråa rock, i handen höll han en portfölj och hans halsduk fladdrade i den kyliga vinden. Jag sprang ifatt Pelle av ren glädje att återse någon som har många minnen gemensamt med mig från min tid som arbetare.

Pelle förklarade att han förbättrade sin engelska på universitetet för att han var arbetslös igen. Jag märkte att han skämdes över det, så jag sade hurtigt att jag studerade tyska av samma anledning men mitt svar dämpade inte hans missmod.

Vi lärde känna varandra på en verkstad, där vi som arbetare upplevde kapitalismens dåliga sida. Företagets ledning värderade produktionen högre än arbetarnas hälsa. I sex år slet Pelle och jag i samma verkstad som regelbundet skulle maximera vinsten genom att rationalisera. Det innebar att allt färre anställda skulle producera ännu mer för varje år för fortsatt låga löner för att få behålla jobben. När företaget började visa förlust, sålde ägaren det och flyttade utomlands. Den nya ägaren plundrade det på allt värde och försatte det i konkurs.

Vi började studera i hopp om att få ett bättre jobb och lön. Pelle blev ekonom och jag journalist men våra utbildningar har hittills bara gett oss tillfälliga anställningar. Jag har försörjt mig som frilans och vikarie inom mitt nya yrke och Pelle har tvingats hanka sig fram som timanställd lärare.

Pelle börjar gråta framför den romantiska tavlan på konstmuseet och jag tar ett steg bakåt och vänder mig mot ett annat håll, för hans missmod känns för privat. Det är en tyst gråt som om han sörjer över att tillhöra en förlorad generation: Invandrarnas barn som etniskt sett är utländska men som blivit för svenska för att kunna leva i sitt ursprungliga hemland.

– Jag älskar Sverige trots allt, även om jag ofta känner mig som en utlänning i mitt eget land, säger Pelle och snyter sig.

– I Sverige måste du vara mer än dubbelt mer kvalificerad än etniska svenskar om du ska ha någon chans på samma tjänst, säger jag.

– Det verkar vara så, för jag har sökt så många jobb att jag skulle kunna skriva en avhandling om det.

Förut trodde Pelle att arbetsgivarna alltid valde sökande med den högsta kompetensen. Numera är han övertygad om att det också handlar om att ha rätt utseende och bakgrund. Det insåg Pelle när han bytte till ett svenskt namn för att han gifte sig med en svenska. När han började ringa på jobb som Pelle fick han minst sjuttio procent fler erbjudanden att komma till samtal hos arbetsgivare. Han anade att det berodde på att arbetsgivarna trodde att han var etnisk svensk, men han bestämde sig ändå för att träffa dem. Han hoppades att arbetsgivarna skulle strunta hans yttre och uppskatta att han är bildad, kultiverad och trevlig. De flesta arbetsgivare bemötte Pelle vänligt men de testade inte ens hans kompetens. Några förklarade att han hade fått vikariat om han från början hade varit ärlig och talat om sitt ursprung.

Han och hustrun gjorde ett försök att leva i hans födelseland. Hans föräldrar hade flyttat dit när de blev pensionärer. Det rådde numera fred i landet men fattigdomen och korruptionen fanns kvar. Han fick ett jobb som tjänsteman på en statlig förvaltning men han stod ut i bara några månader. Han längtade sig sjuk efter vårens vitsippor bland ljusgröna björkar, dans runt majstången, kräftskiva, sill och nubb och pålitliga myndigheter. Han insåg att han var för svensk för att trivas i sitt ursprung.

Vi går långsamt genom konstmuseet och betraktar tigande de gamla mästarnas målningar, för det känns som om de förmedlar tröst till betraktaren.

Pelle snyter sig igen, drar upp kragen som om han fryser och säger:

– Jag söker just nu en tjänst som försäljare för ett utländskt företag, de vill ha en medarbetare som ska sälja deras kopior av svenskt hantverk till turister i Sverige.

På jakt efter häxor

Jag ringer till en veckotidning från en ödslig by, medan virvlande snö långsamt klär den omgivande vindplågade slätten i en allt vitare dräkt.

– Jag skulle vilja tala med chefredaktören, säger jag.

– Vad gäller det? undrar en kvinna.

– Ett reportage, svarar jag

– Då kan jag säga dig med en gång att vi redan har beställt allt som vi behöver för i år, säger hon spydigt.

– Det är faktiskt inte din sak att avgöra det.

Jag avskyr sekreterare som beter sig som om de bestämmer på tidningen. Många av dem har en gång försökt bli journalister men deras dröm slutade strax framför målet: Att sköta administrationen för någon redaktion. Förbittrade över sitt öde gör de tillvaron svårare för frilansare.

Efter tio långa minuter svarar chefredaktören och jag har hunnit bli så irriterad att jag i all hast beslutar mig för att driva med honom, eftersom han i grund och botten är en nolla i branschen, även om han betalar bra för reportage.

På några år lyckades han gå som bartender på en krog till ett jobb som chefredaktör på en herrtidning. Nu blandar han tidningens innehåll som om den vore en drink. För varje nummer publicerar han ett seriöst, avslöjande reportage som ett slags alibi för tidningens tarvliga existens.

– Är du intresserad av ett reportage om häxor som utför rituell tvagning i en bäck så att de förgiftar vattendraget med unik öring? frågar jag

– Finns det verkligen sådana häxor därnere? undrar han som om byn vore en plats någonstans i en dunkel avgrund.

Jag förstummas ett ögonblick av att han tog mitt förslag på allvar.

– Ja, jag vet till och med var de håller hus.

– Bra, det är just nu inne med det ockulta och mystiska. Ta reda på hur giftet sprider sig när häxorna tvättar sig. Men du måste anpassa reportaget till våra unga, manliga läsare. Häxorna ska därför vara sexiga på bilderna.

Jag känner mig nu något bättre till mods efter att ha ringt hela förmiddagen till tidningar för att få uppdraget att skriva om en mystisk alkemist som förorenar en bäck, så att fiskar och fåglar dör, enligt en åldrig bybo. Men redaktörerna förklarade att grejen var för liten för att duga för ett reportage.

Giftiga häxor är bättre än inget, tänker jag, och hoppas att jobbet ska gå snabbt att fixa. Jag läste om häxor i en några dagar gammal lokaltidning. Artikeln hade bilder på två kvinnor med långt, svart hår som dansade på en äng någonstans i trakten.

Jag hittar uppgifter om journalisten på internet. Han svarar hjärtligt i telefon att jag kan besöka honom direkt för att prata om häxor, för han bor bara några mil från byn.

Jag vinkar till mig gubben, som tipsade mig om den mystiska alkemisten när jag övernattade i byns vandrarhem på väg hem efter ett annat jobb.

– Jag har hittat en säljbar vinkel i grejen. Med hjälp av häxor kan föroreningen få publicitet, förklarar jag.

– Du är inte klok! skriker gubben, hotfullt viftande med sin käpp. Jag vill inte ha några häxor hit, det räcker med galningen där uppe på kullen.

– Jag kan ju nämna att du anser att det inte häxorna, utan alkemisten som är boven i dramat.

Den gamle bybon är upprörd trots att jag förklarar för honom att sanningen ibland måste ta omvägar för att få en chans krypa fram. För gubben är det en katastrof att det lilla vattendraget förorenas för första gången under hans nittioåriga liv i byn. Han är övertygad om att utsläppet kan skada byborna.

I bilen på väg till frilansaren förbannar jag mig själv för att jag valde att bli journalist. Jag borde i stället ha blivit lärare som min mamma rådde mig. Det är ett tryggt och anständigt jobb, tjatade hon år efter år tills jag blev antagen på journalisthögskolan. Jag inser att det vore meningsfullare att undervisa ungdomar än att skriva larviga reportage för kåta killar. Herrtidningen, som vill ha reportaget om häxorna, publicerar mest fördomar, sex, biltester och fejkade berättelser.

Jag parkerar i en trång återvändsgränd i den lilla stadens centrum, där frilansaren bor i ett av de få gamla husen i staden som undkommit rivning. Ett av mina första reportage som frilans handlade just om rivningar av kulturellt värdefulla byggnader i en stad. Jag skrev om en byggmästare som fick fria händer att modernisera ett centrum med glas och betong.

Jag lyckades sälja reportaget, när jag lade till att byggmästaren bjöd politiker på resor. Det var bara ett rykte men det lockade i alla fall fram mutkolvarna från sina gömslen för att försvara sig vilket ledde till att tidningen fördjupade sig i ämnet och fann ännu mer korruption.

Jag knackar på hos frilansaren och en svarthårig, ung kvinna öppnar dörren.

– Jag skulle vilja tala med Ragnar, säger jag. Jag är journalist.

– Stig in, säger hon vänligt. Jag ska hämta honom.

I hallen visar sig ännu en ung kvinna med svart hår och förvånad inser jag att de är identiska med häxorna på bilderna i artikeln.

Ragnar stiger leende fram, vi skakar hand och jag säger:

– Det ser ut som om jag har kommit rätt, för de här kvinnorna är ju de häxor som du skrivit om.

Ragnar skrattar, medan han klappar mig hjärtligt på axeln och för in mig till köket. Där presenterar han kvinnorna. De är studenter som han anlitar för olika uppdrag.

– Jag hittade på häxorna för att det just nu är lätt att sälja artiklar med det temat, förklarar Ragnar skrattande.

– Det var i alla fall mycket trovärdigt skrivet, berömmer jag.

Vi sätter oss vid köksbordet och gnäller en stund över frilansarnas eländiga villkor: Att välja mellan jobb och ideal, mellan bröd och nöd. Ragnar har satt i system att fejka verkligheten. För honom har det bara utvecklats till ett slags journalistik som anpassas till redaktörernas föreställningar om livet utanför deras redaktioner.

Ragnar skrev tidigare om litteratur, teater och konst men det allt sämre honoraret fick honom till slut att stjäla utländska texter som han skrev om och försvenskade, eftersom den dåliga betalningen tvingade honom att producera så många texter att han sällan hann fördjupa sig i ämnet. När tidningen åter sänkte honoraret för att spara, hade han inte längre råd att skriva om kultur.

– Det är bara kända frilansar som får så bra betalt att de kan unna sig att vara seriösa i en bransch som till stor del lever på att vi andra skriver för oförskämt låga honorar, konstaterar han.

Vi kommer överens om att samarbeta om jobbet mot att vi delar på honoraret. Jag ska använda hans publicerade texter om häxor som underlag och han fotografera sina modeller vid vattendraget.

Jag ringer till herrtidningen igen, det är sekreteraren som svarar och hon säger att chefredaktören är upptagen av ett viktigt möte men att hon kan framföra det jag vill förmedla.

– Reportaget om de giftiga häxorna är klart i morgon. Det blir bilder på dem när de doppar fötterna i vattnet, föreslår jag.

– Chefredaktören vill att de ska bada nakna, säger hon.

– Det är för kallt ute, det snöar, och häxor hatar kyla, förklarar jag. Det duger väl med snygga ben?

– Jag måste kolla det med chefredaktören, svarar hon.

Efter tio minuter återvänder sekreteraren som om just den tiden är ett slags lag på den tidningen, och hon säger hurtigt:

– Bra jobbat, grabben! Det ville chefredaktören att jag skulle säga till dig.

I valet och kvalet

Ploff! ljuder det i universitetets bibliotek när Maria till slut lyckas öppna en burk med tabletter. Ljudet väcker Marias ilskna hund som hon håller dold i en rymlig bag. Den morrar men lugnar ner sig när den förstår att ingen fara hotar matte. Hunden är ständigt redo att försvara Maria och lyda hennes minsta vink.

– Jag har huvudvärk, säger Maria modstulet.

– Har du festat nu igen?

– Nej, Jag har suttit uppe halva natten med passiva satser.

Hon ljuger! tänker jag. Hon har säkert varit ute med den kåte lektorn igen.

Maria sväljer en tablett och glor åter motvilligt på den tjocka boken om tysk grammatik. Jag hjälper Maria att analysera olika slags språkliga problem för att få vara i hennes närhet så ofta som möjligt

Jag blev genast förälskad i Maria när hon leende dök upp på den tyska institutionen, där jag studerar i väntan på nytt vikariat som journalist på vilken tidning som helst. Hon utbildar sig till jurist, men hon behöver även kunskaper i språk för att förbättra sina chanser att göra internationell karriär.

Men det ger mig ångest att Maria kräver äktenskap före sex och drömmer om att bilda en familj med en hund och en villa, för jag har sett alltför många kreativa vänner åldras i förtid av äktenskapets plikter och krav. De flesta gifte sig för att de var förälskade eller rädda för ensamheten. Några blev lyckligare med äktenskapet, men för de flesta innebar det att känslorna tynade bort i slentrian, gräl och trötthet.

Jag har däremot lyckats behålla friheten trots att jag njuter av kvinnor. Jag har helt enkelt hunnit sticka innan de har snärjt mig. Nu hoppas jag att Maria trots allt vill ha mig som jag är, inte som hon vill att jag ska vara enligt hennes föreställning om hur en riktig man ska uppföra sig.

Hon är kärlekens ursprung, tänker jag högtidligt och sätter mig närmare Maria.

Jag tittar glupskt på Marias vackra, små händer som smekande bläddrar i boken och jag önskar att jag vore dem. Då skulle jag varje dag smörjas in med salva, naglarna putsas och målas med röd lack, så att de blänker som ädelstenar. Då skulle jag varje dag få smeka hennes fylliga bröst och få veta allt om hennes känslor och behov.

Tack alla gudar för att ni har skapat något så ljuvligt som denna kvinna, tänker jag andaktsfullt.

Det tutar utanför biblioteket och genast rusar Maria till fönstret och vinkar till lektorn som sitter i en skinande röd sportbil.

– Det är Anders! säger hon. Han ska bjuda mig på teater i kväll.

– Den jävla lektorn har köpt bilen på avbetalning, säger jag surmulet medan Maria tar på sig kappan och rättar till sitt långa, glänsande bruna hår.

– Var snäll och ta hem hunden, säger hon leende och ger mig nycklarna till sin lägenhet.

– Var försiktig, han har skumma avsikter med dig, säger jag.

– Vilka avsikter har du då? undrar hon leende och ger mig en flyktig smekning på kinden.

Detta är utpressning, tänker jag ilsket. Hon vill få mig att tigga om hennes gunst.

Från fönstret ser jag med värkande hjärta Maria leende sätta sig i bilen, pussa Anders på kinden medan han kör ut från parkeringen. Jag mår illa av tanken att Anders ska tafsa på henne, för jag är plågsamt medveten om att lektorn är känd för att jaga unga kvinnor på universitetet trots att det strider mot reglerna att en lärare har sex med elever. Han lär kunna hantera sin tjocka penis så skickligt att den kvinna som har samlag med honom för alltid är förlorad för andra män. Varje gång jag hör någon student säga att han passade henne som handsken vet jag att hon har haft samlag med lektorn.

När jag stiger in Marias lilla lägenhet, känner jag mig alltid smutsig, för det är som att kliva in i renhetens och ordningens tempel. Där är det skinande blankt och alla prylar ligger precis på rätt ställe. Till och med hunden vet exakt sin plats.

Jag sjunker ihop i en fåtölj, alldeles vimmelkantig av smärtsam svartsjuka, och får då syn på en liten dagbok på ett bord. Den drar till sig min blick, för den stör ordningen i rummet. Det är helt uppenbart att Maria vill att jag ska titta i den, tänker jag.

Dagboken börjar med den dagen våra blickar möttes för första gången på den tyska institutionen. Det var ett sådant möte som får tiden att stå stilla och får mig att tro att det är ödet som har hämtat henne för mig. Min första tanke var: Med en sådan kvinna vill jag åldras. Maria skriver att hon i det ögonblicket såg kärleken i mina ögon. Några veckor längre fram står det: Han är hopplös men jag älskar honom så mycket att det gör ont.

De övriga sidorna gör mig kallsvettig. Jag skulle aldrig ha kunnat föreställa mig att Maria är djupt troende, för hon klär sig ibland utmanade, flörtar ständigt med den ena mannen efter den andra och har låtit mig smeka hennes bröst och sköte.

Jag har inget emot troende, jag för själv ofta en dialog med gudar men för mig är de kompisar som jag vänder mig till när jag befinner mig i nöd. Maria är uppenbarligen en fanatiker, för hon tillhör en liten sekt. Det skrämmer mig, eftersom sådana människor vägleds mer av urgamla skrifter än av sina egna tankar och åsikter.

Sida efter sida fylls med religiöst grubbel och kval. Inom Maria pågår en intensiv kamp mellan hennes känslor och tro. Hon vädjar till gud om att ge henne kraft att inte synda och hon ber om kraft att rädda mig till frälsning. Hon skriver att jag är en vilseledd själ som famlar omkring i ett mörker, sökande efter en

94

räddande hand som ska dra mig till ljuset till ett liv med gud. Nu begriper jag med ens varför hon är nykterist, vegetarian, oskuld och gärna besöker kyrkor.

Det kanske bara är ett dåligt skämt? tänker jag förtvivlad medan min förvirrade blick flackar runt i rummet och bekräftar det jag läst. Nu upptäcker jag små men avslöjande detaljer: En litet kors ovanför sängen, en duk med ett religiöst motiv och några biblar i en hylla. Jag har varit som förblindad av mina känslor.

Du är en idiot! skriker jag och slår näven så hårt mot mitt knä att det gör ont.

Nu hörs Marias steg i trappan och jag drabbas av panik. Jag lägger mig i soffan och låtsas ha slumrat in, när Maria stiger in i lägenheten. Hon pussar mig på kinden, ger foder till hunden och dricker ett glas juice i köket. När hon håller på att duscha sig lämnar jag smygande lägenheten med kaotiska känslor och förvirrade tankar om att jag nu begår ett misstag som jag kommer att ångra resten av mitt liv.

Gröna kvinnan

Lars stirrar på en spegel i hallen, han är blek och svettig som om han nyligen sett ett spöke, men även i detta uppslitande tillstånd är han gudomligt ståtlig som en grekisk staty. Hans fullkomliga, muskulösa kropp har fått många gifta kvinnor att glömma att de har lovat sina män evig trohet. Någon har påpekat att en så skön karl är som skapad att dö ung för kärlekens skull i en gråtande kvinnas famn.

– Lars, vad har hänt? undrar jag.

– Känn efter och lukta! svarar han irriterat och pekar på en liten mörk prick vid näsan.

Jag stryker pekfingret på pricken och luktar.

– Det påminner faktiskt om skit, säger jag.

– Ja, just det! utropar Lars. Det är en äcklig böld.

– Det är väl inget att yla över. Det får jag också lite varstans, tröstar jag. Det är en normal företeelse i vår onda värld.

– För mig är det en katastrof, för om en timme måste jag träffa Den gröna kvinnan och hon avskyr dåliga lukter, säger Lars och börjar gråta.

Lars förklarar snyftande att Den gröna kvinnan aldrig kommer att förlåta honom, för hon har rest långt för hans skull. Jag svarar tröstande att det alltid finns en utväg ur alla problem och då ler han hoppfullt och föreslår:

– Skulle du kunna träffa Den gröna kvinnan i stället för mig?

– Kommer hon att gå med på det? undrar jag trevande, orolig för att han ska ångra sitt löfte att låna mig pengar.

Jag har inget emot att träffa någon av Lars vackra kvinnor, men just nu är jag mest bekymrad över att jag är pank efter flera misslyckade försök att få vikariat på några tidningar. Snart blir jag

96

tvungen att acceptera vilket jobb som helst för att få pengar till mat och hyra.

– Jag tror att hon kommer att gilla dig, för hon vill träffa en kille med blont hår och blåa ögon, svarar Lars.

– Okej, då ställer jag självklart upp.

Jublande omfamnar Lars mig och rusar till telefonen och ringer till hotellet, där Den gröna kvinnan väntar. Han beskriver mig som om jag vore en produkt till salu och understryker att jag är frisk och sund.

Jag duschar mig och klär mig i en av Lars dyra kavajer, medan han förklarar att hon kommer att stå utanför hotellet, klädd i grön kappa och att hon bara vill ha ett snabbt samlag utan förspel.

– Men hur ska jag agera? undrar jag ängsligt.

– Var inte orolig, svarar Lars medan han knyter en av sina lyxiga slipsar på mig. Om du bara gör som hon vill går allt bra.

Lars kör mig till hotellet. Där står Den gröna kvinnan framför entrén och vinkar ivrigt till oss. Det är en parant kvinna i fyrtioårsåldern, men inte alls den typ som Lars brukar umgås med, för han föredrar yngre, naturligare kvinnor. Hon utstrålar välstånd, karriär och makt, men hennes glänsande röda hår som stretar åt alla håll avslöjar att hon befinner sig i ett slags trotsigt förhållande till sin ålder och status.

Han presenterar mig kort för Den gröna kvinnan medan jag skakar hand med henne. Sedan följer jag den halvspringande kvinnan in i hotellet, uppför en trappa utan att säga ett enda ord. Hon föser in mig i ett hotellrum, låser dörren, kastar av sig kappan och lägger sig hukande på knäna i sängen, drar upp kjolen och särar på benen.

– Du behöver bara öppna gylfen! säger hon befallande.

Äntligen en kvinna som vill knulla utan en massa krångel, tänker jag belåtet, stirrande på den rakade, bulliga fittan mellan två rejäla skinkor med några små tatueringar.

Jag greppar girigt om Den gröna kvinnans stjärt medan hon vant stoppar in min penis i sitt rymliga sköte. Först uppfattar jag

97

kvinnans brådska som kåthet, att hon längtar efter en penis så febrigt att hon inte ens vill slösa tid på att ta av sig, men det förbryllar mig att hon håller sig stilla och tyst under samlaget.

Plötsligt klappar hon mig hårt på stjärten och säger:

– Är du färdig snart? Jag vill inte missa flyget hem.

– När som helst, svarar jag och börjar jucka febrilt.

Just när jag ska få utlösning tar hon ett fast grepp om min pung och skriker:

– Jag vill ha sperman i mig!

Jag får utlösning och strax därefter knuffar hon undan mig, stiger upp och tar på sig kappan. Hon kastar ett kuvert på sängen och påpekar att det är till Lars.

– Du verkade besvärad av det hela, säger jag.

– Jag fick vad jag ville ha, svarar hon och ler för första gången.

Den gröna kvinnan lämnar rummet. Kvar finns bara doften från kvinnans diskreta men uppfyllande parfym från en exklusiv värld, som är stängd för fattiga typer som jag.

Jag känner mig förvirrad, för jag förstår inte hur hon kunde vara nöjd med ett samlag som uppenbarligen besvärade henne och till och med betala för det. Kuvertet innehåller mer pengar än vad jag någonsin har tjänat på en månad.

Utanför hotellet väntar Lars i bilen. Han öppnar kuvertet och ger mig hälften av pengarna.

– Får du jämt så mycket pengar för att knulla? frågar jag.

– Ja, men jag är ingen gigolo, svarar han allvarligt. Jag jobbar som befruktare.

– Hur fan kunde du lura mig! utropar jag förskräckt och sjunker ihop av uppgivenhet.

Lars berättar att han började med denna verksamhet när han flyttade utomlands. Förut jobbade han som redaktör på ett nöjesmagasin. Lönen räckte till slut inte för amorteringar på villa och bil och till semestrar, så skulderna blev allt högre. Det slutade med skilsmässa och utmätning.

I Europa fann Lars inget lämpligt jobb och snart var han pank.

Han upptäckte emellertid att det finns europeiska kvinnor som gillar långa, blonda män med blåa ögon. Då fick han spontant en idé. Han satte in en annons, där han sade sig vara villig att befrukta kvinnor mot betalning. Han fick ett hundratal svar. Sedan dess försörjer han sig på det och njuter av friheten.

Numera säljer Lars sina tjänster genom internet och har kontrakt med unga män i olika kulörer. Han garanterar med läkarintyg att de är friska och att de därför är ett säkrare val än en träff med någon okänd man.

Det är kvinnorna som ringer till Lars. Han ställer inga frågor om dem, utan kommer bara överens om betalning och var själva befruktningen ska ske. De ska vara klädda i en färg så att befruktaren känner igen dem. De får själva välja om de vill vara anonyma för varandra och det som sker mellan dem är deras ansvar.

– Jag är gissningsvis pappa till minst ett tjugotal barn med olika kvinnor, erkänner Lars.

– Och jag blir det till ett, tillägger jag missmodigt.

– Knappast, säger Lars. Alla blonda hingstar i mitt stall har misslyckats med att göra henne gravid. Hon är förmodligen steril men hon vägrar att inse det.

Mobiltelefonen ringer. Det är en av Lars kunder. De kommer överens om hotellet, där de ska träffas. Jag känner mig lite avundsjuk på Lars som kan leva flott på att sälja sperma. I ett flyktigt ögonblick överväger jag att ge mig in i Lars bransch, men sedan förskräcks jag av tanken på att bli pappa till okända barn som kanske någon gång i framtiden kommer att söka efter sitt genetiska ursprung.

Lars lägger nynnande på luren.

– Det var Den röda kvinnan, en enormt stilig kvinna som vill ha ett barn till. För den skönheten skulle vilken man som helst kunna göra det jobbet gratis.

Möte med förflutna

Det är för jävligt att vara deppig när det är vår, mumlar jag för mig själv medan jag promenerar upp och ner på en gågata, där alla andra tycks vara lyckliga, belåtna och vackra i solskenet. Hela förmiddagen har jag flanerat omkring i staden i hopp om att träffa någon som jag känner, så att jag för ett ögonblick kan glömma att jag är ensam, pank och arbetslös.

Plötsligt skymtar jag Bettan i vimlet, en vän från min plågsamt förnedrande ungdom. Jag vänder mig om, för hon är förskräckligt ful, men hon har upptäckt mig och springer hojtande i fatt mig.

– Varför har du så bråttom? undrar hon.

– Jag försöker fånga en meningsfull framtid, svarar jag modstulet.

– Det är bara i nuet som man hittar lyckan, säger hon och skrattar.

Bettan vet vad hon talar om, för hon har aldrig tvekat att satsa på de möjligheter som dyker upp. När hon tröttnade på livet som hemmafru i en idyllisk by, tog hon en enkelbiljett till staden och började studera igen. Hon lämnade efter sig två lydiga barn, en snäll make och en prydlig villa och flyttade till en betydligt äldre, sjuklig man som hon lärt känna genom en kontaktannons. De kom överens om att han skulle satsa sina besparingar på Bettans utbildning och i gengäld skulle hon ta hand om honom så länge han lever.

– Låt mig bjuda dig på en kopp kaffe någonstans i närheten innan min gubbe dyker upp, föreslår hon och tar min hand och låtsas vara förälskad i mig som om hon vet att jag skäms att visa mig vid hennes sida.

Fy fan vad grym hon är! tänker jag uppgivet. Hon borde ha

vett att visa hänsyn till en olycklig varelse som jag.

Bettan rör sig självsäkert i vimlet på gågatan, där skönheter visar upp sig på våren som ett slags förövning inför sommaren innan de sprider ut sig utmed stränderna vid havet för att i augusti återvända till staden, solbrända och med gåtfulla leenden. Jämfört med dessa kvinnor påminner Bettan om en fågelskrämma med sin spinkiga, platta figur och avlånga, magra ansikte med en spetsig, böjd näsa och ärrade hy, som förstördes av bölder som hon fick i sin ungdom. Visserligen anstränger sig Bettan för att följa modet, men den korta kjolen och tunna blusen förstorar bara hennes fulhet.

På en uteservering väljer Bettan provokativt ett bord där hon och jag är synliga för alla som går förbi. Hon njuter uppenbarligen av att jag lider av hennes fulhet och hon skrattar förtjust när jag tar på mig mörka glasögon och försöker dölja ansiktet med en hand.

Hon pratar om sina planer medan jag spanar oroligt bland människorna på gågatan. Jag fruktar att någon som jag känner ska upptäcka mig och då tro att jag har sällskap med fulingen mitt emot mig.

– Lyssnar du? undrar Bettan.

– Naturligtvis, svarar jag. Du vill bli miljonär, sa du.

– Nej, jag ska gifta mig med min gubbe.

– Jaså, så var det visst!

Det var en ren tillfällighet att Bettan och jag som vuxna började studera på komvux i samma stad. Jag studerade vidare på journalisthögskolan och hon på lärarhögskolan. Vi var duktiga studenter, för studierna var vår revansch mot vår taskiga bakgrund som stank av alkohol, våld och lögner. Statistiskt sett skulle jag i dag ha varit hallick och Bettan hora. Hon måste också hanka sig fram på olika vikariat, men hon anser att det beror mer på den höga arbetslösheten än på henne.

– Åh, låt oss vara lite nostalgiska! utropar Bettan spontant. Minns du Gustav?

– Han var en av de många som klämde på dina bröst. På den tiden var du tämligen lösaktig.

– Det var min enda möjlighet att få kontakt med killar, påpekar hon allvarligt. Jag behövde dem mer än de mig.

I grundskolan var Bettan pojkarnas favorit för att hon lät dem tafsa på henne. Det skedde också på skolan. Detta var spännande för pojkar som nyligen hade blivit intresserade av flickor.

– Du blev alldeles förskräckt när du för första gången kände på mitt sköte, säger hon och skrattar.

– Ja, för könshåret var så strävt att jag trodde att det var gjort av stålull, erkänner jag.

Min bästa kompis Gustav var alltid ett steg före klasskamraterna när det gällde flickor. En gång tryckte han in ett finger i Bettans slida och gick sedan omkring och sade stolt: Jag fick in hela fingret i hålet! Flera pojkar undrade förvånat hur ett sådant hål kunde vara så djupt och ville också kolla om det var sant.

En höst gjorde klassen en utflykt till en skog för att plocka svamp. När Bettan avvek från gruppen smög jag och Gustav efter för att i smyg se henne pissa. Hon upptäckte oss när hon höll på att dra ner trosan bland några buskar. Då lade hon sig ner i gräset med särade ben och vinkade inbjudande mot Gustav. Han skuttade gläfsande fram, ställde sig på knä och hon drog ner hans byxor. Han rodnade och hans penis var styv som en pinne.

Jag stirrade som i trans på Gustavs frenetiskt guppande stjärt mellan Bettans magra, sprattlande ben, fullständigt fascinerad av samlaget som jag bara fantiserat om. De frustade och gnydde som kultingar vid en suggas spenar. Efter en stund stelnade Gustav till och utstötte ett gällt skrik. Först trodde jag att en geting stuckit honom men i nästa ögonblick fattade jag att han hade fått sin första utlösning i ett samlag. Bettan däremot var redan erfaren. Hon hade till och med legat med en lärare.

En dag blev Bettan gravid. Rektorn förhörde Bettan och hon nämnde Jan som pappa till barnet. Det var en tafatt, tjugofyraårig brevbärare som hon hade träffat på fester. Han avgudade

Bettan och skänkte henne presenter och godsaker.

En månad senare slutade vi skolan. Jag och Gustav fick jobb på en fabrik och Bettan flyttade till Jan för att bli hemmafru. Hon var bara sexton år gammal, men glad över att slippa sina elaka föräldrar.

– Det var taskigt att påstå att det var Jan, säger jag. Han var ju snäll och godtrogen.

– Ja, men Gustav ville att jag skulle ljuga, annars hade jag inte fått träffa honom mer, svarar Bettan. På den tiden gjorde jag allt vad han sa, han var mitt allt och jag älskade honom.

Än i dag jobbar Gustav kvar i fabriken och bor i samma, trista förort. Den förut livlige, kreative pojken har blivit en bitter och tystlåten pappa till tre barn. Han och hustrun måste slita hårt för sin torftiga tillvaro. Deras enda lyx är en begagnad bil och tältsemester vid kusten.

Bettan tittar på klockan.

– Min gubbe väntar nog på mig nu, vi ska titta på vigselringar, säger hon och fimpar cigarretten.

Bettan försvinner in i en butik längst upp på gågatan. Efter en stund blir jag nyfiken på hennes trolovade, jag går fram till butikens fönster och betraktar Bettan och mannen. Han är tjock, har en blank flint och stöder sig mot en rollator men hon ler lyckligt mot honom som om han vore en vacker prins, när expediten visar vigselringar för dem.

Manliga löften

Ylande rusar Joakim in på toaletten, låser in sig och börjar gråta för att ingen gäst på min fest vill utmana honom i Manliga löften. Alla låtsas vara för berusade, för de har tröttnat på att förlöjligas av hans senaste påhitt.

Jag försöker trösta Joakim men han tiger, bara hans snyftningar hörs.

– Öppna! I annat fall röker jag ut dig! hotar jag slutligen, för han avskyr lukten av cigarretter.

Under tiden dyker några gäster upp i hallen. De bankar på dörren men Joakim vägrar att lämna toaletten. Jag fruktar att detta ska spoliera festen, eftersom de flesta har druckit så mycket öl att de snart måste pissa.

I min lägenhet trängs ett trettiotal gäster för att fira att jag har fått ett nytt vikariat, det första på en veckotidning. För gästerna är det ett tillfälle att få vara glada och berusade tillsammans, men för mig är det ett sätt att hålla mina kontakter levande. Att få jobb som journalist handlar inte bara om utbildning och erfarenhet, utan också om tur, självförtroende, personlighet men framför allt på kontakter. Jag kan få nytta av dem, ifall jag blir arbetslös igen.

Den här gången känner jag mig redo för att på allvar kämpa för en fast anställning, för jag har blivit plågsamt medveten om att jag har hamnat i ett vägskäl: Att det är dags för mig att gifta mig och bilda familj, att skaffa lån för en villa och en bil. I annat fall är jag snart för gammal för att kunna lämna livet som ungkarl och i värsta fall bli ett av branschens många original som alla skojar med. Denna insikt ger mig allt oftare mardrömmar och en jagad uppsyn.

– Vi är nödiga! ropar några gäster samtidigt och en av dem drabbas av panik och rusar ut till gårdens buskar.

Jag inser att det bara finns ett sätt att snabbt få ut Joakim från toaletten: Att utmana honom i Manliga löften.

– Joakim, jag ställer upp på din löjliga lek, säger jag.

Omedelbart öppnar Joakim dörren och går direkt ut till gästerna, klappande med händerna. Alla vänder sig mot honom och han säger högtidligt:

– Ärade vänner, vår käre värd vill utmana mig. Han är en riktig karl!

Det är dumdristigt att utmana Joakim i Manliga löften, eftersom han alltid besegrar sina utmanare genom att ändra reglerna i sista stund till sin fördel. Jag kan ångra mig, men då riskerar jag att förlora Joakims vänskap och därmed alla hans kontakter. Det är en av dem som har fixat vikariatet åt mig. Därför står jag ut med att han ibland beter sig som om han befann sig i ett galet tillstånd som tycks bli värre ju äldre han blir. Det verkar som om det pågår en kamp inom honom mot likgiltighet och slentrian som håller på att kväva resterna av hans ursprung som en levnadsglad typ.

Det är Joakim som har hittat på Manliga löften. Det hela går ut på att utmanarna måste lova varandra att offra något av sig själv som har någon anknytning till manligheten men det är gästerna som bestämmer offrets värde. Den som vågar lova mest får välja det sätt han vill utmana den andre på.

Först lovar jag att raka bort håret på min bröstkorg, sedan leva i celibat i ett halvt år, men Joakim bjuder över mig och slutligen säger jag:

– Jag lovar att bränna upp alla mina visor om mina förälskelser, om jag förlorar.

Gästerna mumlar av förvåning, för de vet hur mycket dessa visor betyder för mig, så de bedömer mitt offer som stort. Jag har nämligen skrivit en visa om varje kvinna som jag har varit förälskad i. De har blivit en del av min manliga identitet. De är konkreta bevis på hur mycket det motsatta könet berikar mig som man. Men det gör inget om originalen förstörs, eftersom jag kan visorna utantill.

– Du kan ha en kopia gömd någonstans eller så har du visorna i minnet, påpekar Joakim.

– Det måste du bevisa enligt dina regler! protesterar jag.

– Visst, men du har ju alltid sjungit dem utantill för oss, påpekar Joakim leende.

Fan vad taskig han är! tänker jag förtvivlat. Han är ute efter att plåga mig ordentligt som ersättning för vikariatet.

Jag betraktar gästerna men ingen av dem ger mig någon antydan om stöd, så jag tar fram en kartong, fylld med smycken och visar den för Joakim och säger

– Dessa smycken har jag fått av kvinnor som älskat mig. Jag är beredd att offra dem.

Joakim öppnar kartongen, rynkar på näsan och säger:

– Det är ju bara billig metall. Guldet har du väl sålt?

– För mig är det värdefulla minnen, påpekar jag.

– Nej, jag vill ha det där, säger han och pekar mot ett litet, rött skrin som ligger på en hylla och han får enhälligt medhåll av gästerna.

Jag känner mig förfärad. Skrinet innehåller rester från min första, stora kärlek: en billig ring, lite hår, en smutsig trosa, en använd tampong, tummade bilder och skrynkliga brev. Än i dag ångrar jag att jag utan kamp lämnade den flickan bara för att hennes föräldrar ansåg att deras dotter förtjänade en bättre partner än jag, för förstod senare att hon var mitt livs kärlek. I alla andra kvinnor har jag förgäves sökt finna en bit av henne.

– Okej, jag lägger den i potten.

– Då offrar jag min manlighet genom att knulla med en bög! utropar Joakim leende och gästerna applåderar förtjust, för det är ett stort offer för Joakim som är heterosexuell.

– Nu räcker det, säger jag, för det är meningslöst att fortsätta ett spel som jag ändå kommer att förlora hur jag än gör.

– Då utmanar jag dig i att träda på en kondom på kuken snabbast, säger han och ler självsäkert mot mig.

Joakim ställer sig på ett bord och drar ner byxorna och tar fram penisen. Han tar vara på varje tillfälle att driva med sig själv och andra, som om det vore en kompensation för att han står ut med sin skötsamma samvaro med sin prydliga familj i en modern villa med en perfekt gräsmatta bakom en välklippt, hög häck i en sömnigt trygg förort.

I sin ungdom drömde han också om att bli trubadur. Vi spelade ihop i några år tills kärleken satte stopp för hans planer. Flickvännen blev gravid och han kände sig tvungen att skaffa sig en stabil inkomst. Han tog på sig kavajen, klippte håret kort, lärde sig att knyta slipsen och gjorde karriär som annonsförsäljare på en tidning.

Han snurrar sin tunga penis som en propeller medan gästerna skriker uppmuntrande:

– Kom upp, för fan!

Alla stirrar tigande på den tjocka kuken som till slut blir styv men som strax därefter slaknar likt en vissnande blomma.

– Det här gick visst åt skogen, konstaterar Joakim skrattande.

Nu uppmanar Joakim mig att göra ett försök, men jag gör en avvärjande gest mot honom, för det skulle kännas pinsamt att visa penisen för gästerna, eftersom den skulle framstå ynkligt liten jämfört med Joakims koloss.

Joakim tar resolut skrinet och lämnar lägenheten. Några gäster följer med som vittnen. Han tömmer skrinets innehåll i en sandlåda och skvätter fotogen på allt och tänder utan tvekan på. Elden förvandlar snabbt mina minnen till aska som virvlar i luften likt lysande insekter i en tropisk natt medan jag känner mig djupt sorgsen.

– Nu har jag gjort dig en tjänst, för nu kan du fylla skrinet med nya minnen, för ibland måste man faktiskt förstöra det förflutna för att kunna gå vidare i livet, förklarar Joakim allvarligt och klappar mig tröstande på axeln när vi återvänder till lägenheten.

107

Hyenans list

J ag ställer inte upp på någon intervju för din jävla skittidning, skriker en skådespelare i telefon. Ni sprider bara skvaller, snusk och lögner om mig.

— Då måste jag skriva att du regelbundet misshandlar din hustru, säger jag lugnt.

— Det är lögn!

— Jag har pratat med ett vittne.

Skådespelaren tystnar i telefonen, bara hans tunga andning hörs.

Han går nog på bluffen, tänker jag.

Jag har varken hållbara bevis eller något vittne till att skådespelaren är våldsam, men jag vet det genom ett grundligt arbete. Innan jag ska intervjua kändisar, kollar jag deras liv med hjälp av tidningens arkiv, internet och samtal med personer som har träffat dem. På så sätt får jag en massa fakta men också skvaller som jag sedan kan utnyttja till min fördel, när jag ska göra intervjun.

Den här skådespelaren har som många andra i början av sin karriär varit positivt inställd till damtidningar. De skrev om hans krokiga väg mot framgångarna, men också om hans otrohet, alkoholism och två skilsmässor. Tidningarna bidrog till att göra skådespelaren känd och i gengäld sålde de fler exemplar på reportage om hans stökiga liv. När han blev etablerad började han att hata damtidningarna. Han kallade deras journalister för hyenor utan att ha en aning om att det är ett socialt och intelligent djur som fångar sitt byte med list.

— Vad vill du ha av mig? frågar skådespelaren till slut.

— Ett porträtt av dig och din familj, svarar jag.

Vi kommer överens om att träffas omedelbart och jag rusar

glad till chefredaktören, för jag är övertygad om att hon kommer att förlänga mitt vikariat, om hon får ett reportage om skådespelaren som har bojkottat tidningen i några år. Han är just nu aktuell i en framgångsrik tv-serie.

Chefredaktören sitter och snyftar vid sin dator.

– Det är bäst för dig att du har något positivt att komma med, mumlar hon varnande.

– Det blir en intervju med den brutala kändisen, säger jag.

– Du är fantastisk! utropar hon.

För ett ögonblick glömmer chefredaktören sina bekymmer. Hon kämpar förtvivlat för att rädda tidningen från konkurs. Konkurrensen är förödande hård. I år har några konkurrenter vunnit många nya läsare genom läskigare skvaller och skandaler, bättre tips om bantning, skönhet och sex.

Jag avgudar chefredaktören för hennes förmåga att resa sig och bli starkare efter varje motgång i sitt yrke och i kärleken. Men den här gången har hon mött en mycket tuff motståndare: cancern. För en månad sedan upptäcktes en elakartad knöl i hennes högra bröst och det är en katastrof för denna ståtliga kvinna vars vackra profil gynnat hennes karriär, först som mannekäng, sedan som journalist. Hon vill tydligen hellre dö än leva som stympad, för hon vägrar att operera bort bröstet. I stället förlitar hon sig på vegetarisk kost och olika slags undermedel.

Hon torkar bort sina tårar och påpekar:

– Kom ihåg att skriva att kändisen har lyckats tack vare stöd från sin underbara hustru. Det ska vara gulligt, för det är populärt med ömsinta kändisar.

Jag och en fotograf åker till skådespelaren. Han bor i en rymlig lägenhet i stadens centrum. Han tar emot oss med ett leende som om han har glömt sitt utbrott i telefon. Hans gravida, unga hustru dukar fram kaffe och kakor, medan han drar några roliga episoder ur sitt yrke som skådespelare. Ingenting hos kvinnan röjer misshandel. Hon ser fräsch och lycklig ut.

Kändisen lovordar sin tjugo år yngre hustru och jag antecknar allt, även lögnerna. Som journalist har jag fått en vacklande inställning till sanningen, eftersom en hård vinkling av verkligheten ger mig fler möjligheter i yrket. När jag var en färsk journalist ville jag avslöja att samhällets orättvisa och lögnaktiga sidor, men få tidningar var intresserade av att betala för det.

Chefredaktören påminde mig om min uppgift på damtidningen redan på den första arbetsdagen. Hon sade: Du får aldrig glömma att folk också vill läsa det som får dem att glömma vardagen en stund och det måste vi respektera.

Skådespelaren ser belåten ut efter intervjun, för jag har bara ställt beskedliga frågor.

– Du behöver inte vara orolig, intygar jag. Jag ska bara skriva det som du har sagt.

Jag återvänder till tidningen och sätter genast i gång med att skriva reportaget. Det måste vara klart i dag. Jag skriver: Mitt hem är mitt paradis, där jag kan vara mig själv, den vanliga människan, säger skådespelaren tårögd och kramar om sin söta, rara hustru. Hon ger mig all den trygghet som jag aldrig fick i min svåra, tragiska barndom. Utan henne vore jag en nolla.

Jag raderar texten i datorn och börjar om. Inledningen saknade äkthet och inlevelse. De första raderna är viktigast. De ska ange tonen i hela reportaget.

Jag fortsätter att skriva febrilt timme efter timme. Jag skriver för mitt jobb och ångesten gör mig allt svettigare, för jag är medveten om att det utanför tidningen står många arbetslösa journalister som är redo att när som helst ta över min dator, mitt skrivbord och min lön till vilket pris som helst men den här gången är jag beredd på att slåss för mitt jobb.

Sent på eftermiddagen är jag till slut nöjd med reportaget och ger det till chefredaktören. Hon ser allt lyckligare ut, ju mer hon läser och till slut frågar hon:

– Är du intresserad av ett förlängt vikariat?

110

Tre män och en kvinna

Ingrid smörjer nynnande in sina rakade lår med en exklusiv salva medan sperma långsamt rinner ur hennes vidöppna sköte och bildar en våt fläck på lakanet.

Hur kunde Ingrid vara så dum att hon lät operera bort blygdläpparna bara för att en av hennes före detta män tyckte att de var för långa? tänker jag medan jag står vid fönstret och tankspritt betraktar två svanar som simmar majestätiskt i en damm framför höghuset.

– Vad tänker du på? frågar hon som om hon är orolig över att jag ska vara missnöjd med henne.

– Ingenting, svarar jag.

Telefonen ringer.

– Svara du, säger jag. Det är nog din förra sambo.

Mannen ringer varje dag för att gråtande bedyra sin kärlek och vädja till Ingrid att återvända till honom. Hon sover över hos mig sedan jag spontant tog kontakt med henne efter det att jag hade hittat bilder på henne på internet, när jag några ensamma kvällar förströdde mig med att studera nakna kvinnor. Den kvinnliga kroppen har alltid fascinerat mig på samma sätt som blommor för botanister. Jag har tackat gudarna många gånger för att det existerar kvinnor och att jag som man har förmånen att njuta av dem.

För några veckor sedan fann jag en bild på en kvinna som påminde om min första kärlek Ingrid trots att hon har blivit arton år äldre, har kort, blonderat hår och konstgjort runda bröst. Jag jag förstorade bilden och fann mina initialer tatuerade på vänstra sidan av axeln och då välde en massa minne över mig från ljumma, magiska kvällar då jag och hon omslingrande promenerade

111

med storslagna drömmar om en gemensam framtid. Den lycka jag som kände då har jag inte fått uppleva sedan dess.

Jag tog mod till mig och ringde till Ingrid som svarade som om vi bara hade varit åtskilda några timmar och som om hon alltid väntat sig att jag när som helst skulle ringa igen. Efter några träffar nämnde jag bilderna och hon förklarade att det måste ha varit någon besviken älskare som spritt dem på internet som hämnd för att hon lämnat honom. Jag valde att tro på Ingrid, eftersom hon är för fåfäng för att offentligt visa ett sköte som påminner om en krater på grund av en misslyckad läkning efter en operation.

Under den månad vi har umgåtts har vi bara återfunnit skärvor ur våra känslor från vår tonåriga kärlek och de flesta bitarna passar dåligt med nuet, men vi överväger ändå att satsa på det lilla som finns kvar i något slags gemensamt trots mot den verklighet som aldrig gav oss en uppriktig chans, för vi inbillar oss att det är vi som nu bestämmer över våra liv.

Ingrid räcker telefonluren till mig och säger:

– Det är en kvinna, hon vill prata med dig.

Kvinnan heter Gunvor och hon påstår sig ha förståelse för att jag har glömt att jag hade ett samlag med henne på en fest trots att hon var den ende som hade svartfärgat, stripigt hår, svartmålade läppar, svarta kläder i läder och med en ring i nästan.

– Jag har fött en son, säger hon.

– Gratulerar, svarar jag.

– Jag tycker att du ska kolla barnet. Det finns tre tänkbara pappor, en av dem kan faktiskt vara du.

– Kan du inte säga redan nu vem som du tror är den skyldige? lyckas jag fråga trots att jag känner mig så yr av kaotiska känslor att jag nästan tappar balansen.

– Jag ska fundera på det.

Jag vacklar ut till sovrummet, där Ingrid håller på att smörja in sina silikonfyllda bröst. Jag förklarar för henne att jag måste göra ett ärende. Jag vill inte säga sanningen, eftersom jag befarar att den kan göra henne ledsen och orolig. Om jag är pappa till

Gunvors barn skulle hon kanske uppfatta det som ett hinder för fortsättningen på vårt förhållande.

– Måste du verkligen gå? undrar hon utan att vända sig om.

– Ja, men jag är tillbaka om någon timme.

På väg till det privata vårdhemmet försöker jag minnas detaljerna kring mitt möte med Gunvor. Jag träffade henne på en fest för journalister, en av de många där även främlingar dyker upp, somliga i förhoppning att komma in bakvägen till yrket. Ingen kände Gunvor och ändå uppförde hon sig som om hon var kompis med alla. Hon var berusad när vi dansade. Plötsligt ville hon att jag skulle hjälpa henne till ett sovrum för att hon kände sig illamående. När jag placerade Gunvor i sängen, höll hon mig kvar och vi började kyssas medan min hand fann ett kladdigt sköte och hennes min svullna penis.

I en korridor på vårdhemmet står de andra två männen. De är uppenbarligen också uppskakade och förvirrade. Vi står en stund tysta och tittar åt var sitt håll. Till slut föreslår den äldste mannen att vi ska försöka reda ut situationen.

Vi kommer snabbt fram till att Gunvor har haft samlag med oss på samma fest. Även de hjälpte henne till sängen för att hon mådde illa. Vi tycker att vi har blivit lurade, för vi är övertygade om att hon visste vad hon gjorde, och ingen av oss har lust att vara pappa till hennes barn. Den äldste är gift och har två vuxna barn, den yngre lever ihop med en kvinna och jag har bara Ingrid i mina tankar.

Ingrid och jag fantiserar om att fullfölja det som vi aldrig fick göra som tonåringar, även om vi vet att man ofta blir besviken när man återvänder till det förflutna. Vi pratar om att lämna våra jobb och vänner för att börja om i den lilla staden där vi älskade varandra, innan hennes föräldrar skilde oss åt. De ansåg att jag var dåligt sällskap, eftersom jag var arbetare. Hon skulle bli som de, tillhöra den övre medelklassen med en fin examen i ena handen och en golfklubba i den andra.

Ingrid är visserligen fortfarande stilig, men det märks att hon har fött två barn, har två äktenskap bakom sig och fått magsår av sitt stressiga jobb som företagskonsult. Inte ens ansiktslyft, fettsugning och silikon kan dölja det faktum att hon har blivit rynkigare, tyngre och slappare. Även om det till största delen är en annan Ingrid som jag nu lär känna, har vi kvar våra gemensamma minnen från en förtrollad tid.

Nu uppfattar jag Gunvor barn som ett hot mot mina drömmar om ett förhållande med Ingrid och därför känner jag mig mest ilsken över situationen.

– Du måste ha gjort henne på smällen, för du var ju först på henne! säger jag till den äldste.

– Det är inte alls säkert, svarar han morskt och blänger mot mig så genomträngande att jag känner mig hotad.

– Det kan lika väl vara du! Enligt en undersökning ska en ung mans spermier vara mycket snabbare än en äldres.

– Det stämmer inte alltid, protesterar jag. Du glömmer en viktig sak, min sperma var påverkad av alkohol.

Vi vänder oss till den unge mannen som gör en avvärjande gest och säger:

– Nej, nu skiter jag i detta! Nu sticker jag.

Gunvors muskulösa storebror kommer ut och förklarar att vi måste hålla oss lugna, eftersom hans syster har haft en depression efter en svår förlossning. Han släpper in den äldste mannen först. Inom några minuter stiger han ut och lämnar skyndsamt vårdhemmet.

Jag stiger in och överraskas av den unga kvinnans oskyldiga uppenbarelse med en svart fläta, små fräknar på näsan och stora, blåa ögon. Nu är hon bara en stolt mamma, fjärran från den tuffa stilen på festen.

Hon lyfter fram barnet mot mig och frågar:

– Är du pappa till mitt barn?

Till min förfäran upptäcker jag att barnet har lika blåa ögon som jag.

– Jag vill genomgå ett faderskapstest, svarar jag.

114

– Nej, den som vill ha barnet, får bli pappa, säger hon bestämt.

När jag kommer hem hittar jag en lapp från Ingrid på köksbordet. Det står: Jag har återvänt till min drummel tills vidare, för jag tror att det är bäst att vi själva först gör upp med vårt förflutna innan vi gör ett nytt försök. Dina köttbullar ligger i ugnen. Puss och kram.

Nattfjärilen

Det har hunnit bli förmiddag när jag vaknar med en naken kvinna som förstrött fingrar med mitt långa, blonda hår medan jag försöker hålla mig avslappnad trots att jag känner mig så panikslagen, att jag vill slita mig ur hennes famn och rusa ut ur lägenheten, för jag inser förskräckt att det som aldrig får inträffa med en okänd kvinna har hänt än en gång: Jag förlorade kontrollen över mina känslor.

– Du fick allt i dig, säger jag urskuldande.

– Det gör inget, svarar hon leende och smeker min kind som om hon vill trösta mig.

Jag oroas av att hon är ute efter att bli gravid, för hon ser belåten ut trots att hon knappast kan ha haft något utbyte av vårt hastiga samlag. Jag befarar att hon är den typ av kvinna som vill bli en ensamstående mamma för att behålla sin självständighet. Det enda mannen får göra är att betala underhåll och träffa barnet på moderns villkor. I annat fall hade hon krävt kondom, för kvinnor fruktar könssjukdomar mer än män eftersom de drabbar dem hårdare, resonerar jag, men inser att det är meningslöst att fråga henne om saken. I fall det stämmer, har hon ingen anledning att erkänna det nu.

Jag vet inte vad den unga kvinnan heter, men jag kommer ihåg att jag träffade henne i går på en nattklubb i stadens centrum som på kvällen blir så förföriskt lockande att man lätt inbillar sig att det där väntar möjligheter för alla som vågar öppna sig för dem. Vi drack vin, dansade och skrattade. Hon bedårade mig med sitt stora leende och sina sensuella rörelser och jag kände mig smickrad över att en så välskapt kvinna ville umgås med mig när det fanns flera andra ensamma män i bättre form än jag. Hon fick mig tro att det var jag som raggade henne.

I taxin på väg hem till kvinnan var jag löjligt uppsluppen och hon fnissade förtjust åt min tafsande otålighet. Hon bodde i ett av höghusen i en grå förort i betong och glas med utsikt över en bullrande genomfartsled. Bilarna påminde om lysande insekter i den disiga natten. Hon försvann in på toaletten medan jag klädde av mig.

I dunklet dök hon tyst upp framför sängen, friskt doftande med det lockiga, bruna håret utslaget. Hon slank ur nattlinnet i en förförisk pose och jag förlorade med ens förståndet av att se en så fysiskt perfekt kvinna, jag slet henne till mig och hon lät sig följsamt dras under mig och lyfte benen långt bakåt precis när jag förde in penisen i en fuktigt och rymligt sköte för att i nästa ögonblick få utlösning medan hon log milt överseende mot mig, och strax därefter somnade jag av utmattning i hennes famn.

Vi sätter oss mittemot varandra vid köksbordet, jag rör tigande om sockret i kaffet medan hon betraktar mig fundersamt. Jag har ofta mött den frågande blicken hos kvinnor efter det första samlaget. Jag vill ha sex för att jag känner mig kåt och ensam, medan kvinnan ofta vill inleda en dialog med mig. Det är en anledning till att jag har svårt att nå och förstå kvinnor, men genom sex har jag ibland ändå fått uppleva en stunds samhörighet som några gånger har lett till ett djupare förhållande till kvinnan.

– Kommer vi att träffas igen? undrar hon till slut.

– Ja, jag ringer dig, säger jag.

Vi byter uppgifter om varandra. Hon presenterar sig som Nina men jag ger henne ett falskt namn, adress och telefonnummer, för jag vill på så sätt ha möjlighet till en säker reträtt, ifall jag ångrar mig, men jag känner mig ynklig när jag går som om jag hade smitit ut bakvägen på ett hotell för att slippa betala notan trots att jag har gjort det några gånger tidigare.

På tidningen får jag allt svårare att koncentrera mig på att skriva ett reportage om stadens pulserande nöjesliv och hetsiga jakt efter upplevelser och njutningar. Det känns som om Nina har flyttat in i mina tankar. För varje timme växer min längtan efter henne och till slut ser jag bara hennes djupa, mörka ögon framför mig och det milda leendet som om hon förlät att jag hängav mig så själviskt åt min kåthet. Jag försöker finna en logisk förklaring till mina känslor men det slutar bara med en djupare, smärtsammare saknad.

Till slut blir min längtan efter Nina för svår, jag inser att måste ta reda på vad mina känslor handlar om genom att träffa henne igen. I annat fall kommer jag att beklaga mig över det resten av livet.

Jag slår Ninas telefonnummer men det är en man som svarar och han intygar att det är hans telefonnummer. På internet hittar jag några kvinnor som har samma efternamn som Nina men ingen av dem är hon. Jag förstår förfärad att hon har gett mig ett falskt namn och telefonnummer för att kunna göra reträtt precis som jag.

Jag kör ut till förorten men inser snabbt att det skulle ta lång tid att ringa på alla tänkbara dörrar i höghusen. I min förtvivlan återvänder jag till nattklubben och frågar personal och gäster om Nina. Senare på kvällen dyker en servitör upp som kan erinra sig kvinnan. Hon heter Maud, hon studerar litteratur vid universitetet och besöker stället regelbundet.

– Hon är en av våra nattfjärilar, säger servitören leende.

Han förklarar att det är fattiga men unga kvinnor som tjänar lite extra på att ragga män för en natt.

– Där misstar du dig, hon tog inget betalt, protesterar jag.

– Sådana kvinnor uppskattar att kavaljeren diskret ersätter dem för ett trevligt umgänge, förklarar han.

Jag struntar i vad Maud har gjort före vårt möte, jag känner bara att mitt liv skulle bli meningsfullare i hennes närhet. Mauds namn står i telefonkatalogen, så jag ringer till henne. Jag känner igen hennes röst, även om den nu låter späd och osäker. Hon tvekar att låta mig besöka henne igen. När jag förklarar vädjande att jag behöver henne och avslöjar mina smärtsamma känslor och min djupa ensamhet ändrar hon sig långsamt om än motvilligt som om hon tycker synd om mig.

Maud står redan vid dörren när jag stiger ur hissen. Hon tar min hand och för mig tigande till badrummet. Hon klär av mig, lägger mina kläder i en tvättkorg, duschar och tvagar mig omsorgsfullt i badkaret medan min smärta i bröstet långsamt övergår i glädje över att bara få finnas till här och nu.